世界著名作家短篇小说精选系列

# 梅里美短篇小说精选

[法]梅里美 著 柳鸣九 译

群众出版社
·北京·

**图书在版编目（CIP）数据**

梅里美短篇小说精选／（法）梅里美著；柳鸣九译．—北京：群众出版社，2015.10

（世界著名作家短篇小说精选系列）

ISBN 978－7－5014－5422－8

Ⅰ.①梅…　Ⅱ.①梅…②柳…　Ⅲ.①短篇小说—小说集—法国—近代　Ⅳ.①I565.44

中国版本图书馆 CIP 数据核字（2015）第 244225 号

**梅里美短篇小说精选**

［法］梅里美　著　柳鸣九　译

出版发行：群众出版社
地　　址：北京市丰台区方庄芳星园三区 15 号楼
邮政编码：100078
经　　销：新华书店
印　　刷：三河市书文印刷有限公司

版　　次：2018 年 1 月第 1 版
印　　次：2018 年 1 月第 2 次
印　　张：6.75
开　　本：880 毫米×1230 毫米　1/32
字　　数：146 千字

书　　号：ISBN 978－7－5014－5422－8
定　　价：29.00 元

网　　址：www.qzcbs.com
电子邮箱：qzcbs@sohu.com

营销中心电话：010－83903254
读者服务部电话（门市）：010－83903257
警官读者俱乐部电话（网购、邮购）：010－83903253
文艺分社电话：010－83901330　　010－83903973

# 崇尚野性形象的雅士作家

柳鸣九

普罗斯佩·梅里美（Prosper Merimee，1803—1870）生于巴黎一个资产阶级知识分子家庭，祖父是律师，父亲雷阿诺·梅里美是颇有才能的画家，后从事教学工作。梅里美的母亲是十八世纪童话作家博蒙夫人的孙女，也擅长绘画。在这种家庭条件下，梅里美从小就培养了美术才能、对艺术的热爱和精微的鉴赏能力。在政治上，梅里美的父亲是一个能适应时代潮流的人。法国大革命期间，他持温和的共和主义态度。梅里美的母亲也是十八世纪启蒙思想的忠实信徒。这些条件对梅里美政治思想的形成起了重要的作用。但梅里美的父母是典型的自由资产阶级知识分子，一直与政治保持着某种距离，从不卷入激烈的政治斗争，而是以冷静的旁观者的态度观看着十九世纪最初几十年间多变的历史进程和政权的更迭。这种若即若离的处世态度也使梅里美受到潜移默化的影响，从他以后的生活和创作中可以隐约看出这一点。

梅里美从小生活在优裕的环境中，作为独子深得父母宠爱。纤细、敏感成为他性格的主要特点。1812 年，他进入父亲任教的拿破仑中学。他在学校里是一个颇有才能、学习努力却相当任性的少年，长于绘画，对外国语言有浓厚的兴趣。在中学期间，他经历了第一帝国的崩溃和波旁王朝的复辟，眼见他所在的拿破仑中学改名为亨利四世中学。1819 年，他中学毕业，按照父亲的安排进入巴黎大学攻读法律专业，但他真正的兴趣并不在此。大学期间，他热衷于语言学的研究，学习并掌握了西班牙语、意大利语、英语以及古希腊语和拉丁语，打下了他作为一名优秀的语言学家的深厚基础。他还广泛钻研其他国家的古典文学、哲学乃至巫术，积累了丰富的知识，这使他在成为一名作家之前成了一个知识渊博的学者。以梅里美对古代历史文化的精湛修养而言，他在十九世纪法国作家之中，要算是最突出的一个。大学毕业后不久，梅里美进入商业部任职，同时走上了文学创作的道路。他出入巴黎那些文化名流聚集的沙龙，结识了很多方面的代表人物，特别是司汤达。他是当时新派文人经常聚会的场所之一朗盖教授的沙龙中的常客，这说明他在刚走上文学道路的时候，就接受了方兴未艾的浪漫主义运动的熏陶。

1828 年，梅里美第一部重要的作品《雅克团》出版。它是梅里美研究封建社会和接受莎士比亚戏剧影响的产物，它以思想内容方面的民主精神和艺术形式上对“三一律”的肆意违反而在新的文学潮流中占有重要地位。1829 年，他出版了著名的历史小说《查理九世时代轶事》，继著名的历史剧《雅克团》之后，再一次表现了其强烈的反封建、反宗教的思想感情。这两部作品的现实主义风格又使他作为一个与浪漫派有所不同的作家而别具特色。

1829年，梅里美在文学创作上找到了更适合他的道路。在一年多的时间里，他连续写出了一批成功的小说，其中最著名的有《马铁奥仗义斩子》《达芒戈海上喋血记》等。

1830年以后，梅里美不止一个朋友在七月王朝政府中获得了要职，梅里美本人在行政机关中也得到了晋升，他被任命为历史文物总督察官。担任这个职务后，他成为了杰出的考古学者、历史学家，在发掘、整理和保存法国古代文物方面作出了重大的贡献。相形之下，1830年以后梅里美在文学创作方面远不如在学术方面活跃，每隔好几年才发表一篇小说，不过，最能体现他的思想特点和艺术风格的两篇著名小说《高龙巴》（1840）与《卡尔曼情变断魂录》（1845）却是发表在这个时期。此外，他还学习了俄语，于1849年翻译了普希金、果戈理与屠格涅夫的小说，使俄国现实主义文学得以在法国流传。

晚年，他经常到外国旅行，过着悠闲的日子。1870年，在普法战争中，他一直忠于拿破仑三世的宫廷，坚持待在巴黎，后来才出走到南方的小城戛纳，不久在那里去世。他的生命几乎可以说是随着第二帝国的崩溃而终结的，对梅里美来说，这是最为可悲的结局。

梅里美在文学创作上称不上伟大，然而却是法国十九世纪最富有艺术魅力的作家之一。他生活在法国资产阶级从与封建阶级做最后一次严重的较量到建立自己的巩固统治的时代，他的创作在思想内容上也经历了由批判过时的封建阶级到否定资产阶级文明的过程。而作为一个资产阶级作家，他反封建的激情与锐气显然大大超过了他对资本主义社会的揭露，因为他往往只是从某一个侧面对资本主义时代加以贬责。他的文学生涯正好是法国资产阶级文学从浪漫主义发展到批判现实主义的时期，他接受了浪漫主义的影响，但在创作上是一个现实主义者。而当他从资产阶级文明与纯朴、自然、粗犷的人性的对立这一角度来进行他的批判时，又流露出了对强有力的个性的浪漫主义式的向往。《雅克团》和《查理九世时代轶事》是他反封建的代表作，而他对资本主义文明的批判则主要表现在《卡尔曼情变断魂录》等中短篇小说中。

梅里美在文学史上作为艺术大师的地位，在一定程度上是靠他的中短篇小说奠定的。他在这方面作品的数量并不多，一共不到二十篇，但它们从思想内容到艺术风格都具有鲜明的特点，其中不少都是精致的艺术佳作。从这些作品的创作时期来看，以1830年七月革命为界，可分为前后两个阶段。前一个阶段从他第一篇短篇小说发表的1829年到1830年，主要作品有《马铁奥仗义斩子》《达芒戈海上喋血记》等。由于复辟时期的梅里美在政治上和文学上都属于和波旁王朝对立的资产阶级自由主义的阵营，他这一时期的短篇小说不论采用什么题材，都具有较鲜明的政治色彩。

1829年，梅里美第一篇短篇小说《马铁奥仗义斩子》的发表，显示出他是一个颇具特色的优秀短篇小说家。这篇小说以极短的篇幅描绘出十九世纪文学中一种独特的个性和一个令人难以忘却的人物形象。马铁奥这个人物在当时的文学中具有特殊的意义。他在那人欲横流的社会现实面前，发散出一种纯朴豪迈的气息。梅里美怀着明显的赞赏之情来描写这个人物，特别肯定了他那种以不法者之间的“义”来对抗法律、对抗国家机器的精神和他为忠于这种“义”而不惜牺牲自己儿子的非凡品质，体现了梅里美自己与统治阶级、上流社会大不相同的政治标准。在《一赌失足千古恨》中，梅里美又以欣赏的态度写出拿破仑时期一个青年军官的形象。他是一个颇有豪士之风的人物，任何人有困难求助于他，他莫不倾囊相助，但在一次为了“维护自己国家的面子”和外国人进行的赌博中有过不诚实的行为，他为此而内疚得几乎自杀。他在与英国舰队的海战中宁肯战死也不投降，最后英勇牺牲。梅里美在波旁王朝统治下所描写的这些正面人物所属的时代和社会阵营以及他们身上的特点，正表现了梅里美对自己时代和社会的批判倾向，而且，也是复辟时期流行的拿破仑崇拜这一社会思潮的反映，这种思潮明显地具有与复辟王朝相敌对的性质。

这一时期梅里美最具批判意义的作品是《达芒戈海上喋血记》。这篇小说揭露了复辟时期贩卖黑奴的法国殖民主义者的罪恶，在不长的篇幅中以巨大的艺术力量提出了十九世纪资产阶级时代一个重大的社会问题——殖民主义者的罪恶活动与非洲黑人的悲惨处境，而且，在作品貌似冷静的形象描写之中，深深地渗透着作家的愤慨之情，这在当时的文学作品中是不可多得的。然而，梅里美在作品中的思想高度，并没有超出资产阶级人道主义的水平，他当然不可能看出黑人解放的途径，因而作品笼罩着一种悲观甚至绝望的气氛，过多地渲染了黑人的蒙昧无知，最终他仍然没有完全摆脱一个白种“文明人”的偏见。

1830年七月革命后是梅里美中短篇小说创作的第二阶段，这个阶段的主要作品是《高龙巴》① 和《卡尔曼情变断魂录》②。

在这一时期，他力图使自己的作品远离现实的政治，有意把作品的政治色彩和社会意义降到最低的程度，最突出的例子就是他1837年写的《维纳斯艳惊伊尔城》。这篇小说的表现手法带有神秘主义的色彩，主题抽象，只具有某种含糊的唯美主义的寓意，作者似乎要说明美是认真而严肃的，它要求人对它绝对忠实。尽管梅里美第二阶段的小说缺乏现实针对性，但还是具有一定的进步意义。在著名的小说《高龙巴》和《卡尔曼情变断魂录》中追求某种与资本主义文明相对立的强有力的个性和资产阶级道德体系之外的人物形象，在银行家统治时代的资产阶级文学中别开生面。

---

① 因篇幅过长，本书并未收录。——编者注

② 虽为中篇小说，但作为梅里美的代表作，篇幅不长，故收入本书中，以飨读者。——编者注

《卡尔曼情变断魂录》是梅里美最著名的中篇小说。它叙述了文学史上一个极富有特点的爱情悲剧故事，表现了法国文学人物画廊中一个最为鲜明突出的女性形象。

主人公卡尔曼不属于文学史上那种窈窕淑女或高贵命妇的人物体系。她是一个邪恶的人物。但是，卡尔曼并不单纯是一个邪恶的形象。她的复杂性在于，尽管她具有一些“恶”的特点，梅里美却力图把她表现为一朵“恶之花”，赋予她某些闪闪发光的东西，让她与周围的环境鲜明地对照起来。以整个生命为代价来坚持个性自由和忠于自己的原则，成为卡尔曼这个人物最突出也最吸引人的标志。这是她在精神上优越于很多爱情作品中女主人公的所在，也是她成为文学史上最吸引人的一个艺术形象的原因。

作为一篇爱情小说，《卡尔曼情变断魂录》在文学史上之所以特别有名，一方面在于它打破了当时资产阶级文学中爱情故事的俗套，竟然把一对情人的感情风暴描写得那么强烈可怕，以致双方都付出了生命的代价，明显地赞赏了资产阶级作家经常向往的那种粗犷强烈的“激情”，别开生面地为资产阶级人性论的爱情描写提供了另一种类型的典范，因而引起资产阶级文艺家的广泛重视。但在我们看来，小说的价值却在于作者赋予了这个爱情故事以较深的社会意义，通过男女主人公的爱情冲突表现了一定的社会矛盾。事实上，这一对男女最后悲惨的结局，正是两种观念、两种生活态度激烈冲突的必然结果。《卡尔曼情变断魂录》具有这样的社会内容，也就不流于简单庸俗的情杀故事，从而也就具有了一定的社会意义，这正是这篇小说的价值所在。《卡尔曼情变断魂录》之所以被不同国家的读者广泛喜爱，而且被不止一个音乐家改编为歌剧和乐曲而广泛流传，主要原因也在这里。

在这篇小说里，梅里美的同情是在卡尔曼这一方面的。他把这个自由、粗犷的吉卜赛人的典型形象和虚伪、苍白的文明社会相对照，把她的非法活动、惊世骇俗的生活态度与社会法律、传统观念相对立，让她以勇敢的忠于自己的死亡超越于文明社会之上，让这个“恶的精灵”在那个社会的凡夫俗子面前闪闪发光，这些都表现了梅里美对资产阶级文明社会的批判和否定。这是他进步的一方面。

从整体来说，梅里美的创作不是以题材的重大和反映现实的深刻见长，他的作品特别是他的中短篇小说之所以吸引读者，主要在于其独特的艺术风格。在思想上，梅里美深受十八世纪启蒙思想的影响，是一个资产阶级民主主义者，但他对现实的态度并不执着而热烈，多少有些游离，他对生活的观察总是采取一种多少有些超脱的观赏者的态度。因而，他的作品中既没有热烈的赞美，也没有强烈的憎恨，对正面人物的描写略带揶揄，对不合理事物的揭露并无不可抑制的义愤，倒是含着讥讽的微笑。他在叙述某一惊心动魄的事件或某个少见的悲剧时，总是用一种平静的态度，让自己和这一事件保持着一定的距离。所有这些就决定了梅里美的作品具有一种幽默调侃的基调。批判揭露的微温是其缺点，但他这种对待现实和表现现实的方式，对读者却也有平易近人的效果。

梅里美在他的中短篇小说中，自己往往以讲述者的身份出现，他总把自己如何获得故事的经过交代得很清楚，或者自己也参与故事情节的发展，在其中掺杂一些对历史、考古、地理、民俗的感想和议论，这给他的作品以真闻实录的效果。不过，这种手法并不意味着作者在感情上投入到作品的事件中，恰恰相反，他竭力避免在人物和情节上表现自己的爱憎，而以一种冷静的态度来进行描述和刻画。这样，他作品中的事件和图景就很少有明显的主观色彩，给人以客观的现实生活本身的印象，这是梅里美的现实主义风格的特点。但同时，梅里美作为现实主义者，却又喜爱强悍的不平凡的性格，也喜爱选用震撼人心的事件，如马铁奥·法尔戈内为了义气亲手杀死自己的儿子，卡尔曼为了自由宁可丢掉自己的生命，虽然这些是通过对事件过程和生活场景的现实主义的描写表现出来的，但不可避免地透露着鲜明的浪漫主义色彩。

梅里美的作品具有高度精练的优点。他的作品篇幅不长，但其中浓缩着丰富的生活内容和复杂的矛盾，如《达芒戈海上喋血记》就是以短短的篇幅表现了巨大的社会问题和深刻的阶级矛盾。梅里美善于抓住事件的关键和主要方面，紧凑地展开，简繁得当，结构严谨。他也善于抓住人物最具表征的言行以突出其性格，他总是让自己的人物行动，而避免用作者抽象的分析来代替。他是一个高明的故事讲述者，他的叙述和描写既不铺陈，也不繁杂，因而整个作品呈现出明快流畅的特点。梅里美还是一个善于设置众多艺术层次的作者，他并不满足于让读者一眼就看透自己的主题和意图，而是用一些描述来挑起读者的兴趣和思考，随着情节的进展和深化，最后才揭示作品的真谛。他的构思充满智慧，耐人寻味，很有情趣，《维纳斯艳惊伊尔城》就是这样一篇作品。总之，梅里美是一名具有精巧技艺的小说家，他的中短篇小说在艺术上很有借鉴的价值。

# 目　录

# 卡尔曼情变断魂录[1]

## 一

历来的地理学家都如是说，芒达一役②古战场位于巴斯菊里人与迦太基人③聚居的地区之内，在马尔贝拉以北七八公里

① 又译作“卡门”。
② 公元前四十五年，恺撒与庞培会战于西班牙的芒达，前者大获全胜。
③ 巴斯菊里人与迦太基人，均为古代部族，居于北非与地中海沿岸，包括西班牙滨海地区。

之处，即当今的蒙达镇附近。敝人一直怀疑他们言之无据，信口开河。对佚名氏所著的《西班牙之战》① 一书以及在奥舒纳公爵②丰富的藏书楼里所获得的某些史料细加研究之后，窃以为当年恺撒破釜沉舟与共和国元老们一决生死的古战场，应该到蒙第拉③附近去探寻。时值 1830 年初秋，敝人正好来到安达卢西亚地区④，为了弄清楚一些心中尚存疑点的问题，便在整个地区考察了一大圈，寄希望于自己即将发表的地理考古论文，使得那些有执着追求的考古学家们脑子里的疑问都一扫而光。但在该文最终将整个欧洲学术界的这一悬而未决的地理学难题彻底解决之前，敝人且先给诸位讲一个小故事，此故事绝不会对芒达古战场究竟位于何处这个有趣的问题造成先入为主的成见。

我在哥尔多⑤雇了一名向导，租了两匹马，行囊里只装一本恺撒的《高卢战记》和几件衬衣，就这么轻装上路了。有一天，在加希纳平原⑥的高地上巡察。那天骄阳似火，肌肤灼痛，令人疲惫不堪，几近瘫倒，口渴难耐，如受煎熬。我正要诅咒恺撒和他的对手统统进地狱，忽见小路远处有一小块青绿

---

① 出自古罗马时期佚名军官之手笔，是记载恺撒远征西班牙的珍贵史料。

② 奥舒纳公爵（1579—1624），西班牙政治家，曾藏有大量古希腊罗马的典籍与手稿。

③ 西班牙南部的城市。

④ 西班牙南部一大省区，上文所提及的城镇，皆在此省区的境内。

⑤ 西班牙南部安达卢西亚省的一个城市。

⑥ 指加希纳小河沿岸的平原。

的草地，其间稀稀疏疏长了些灯芯草与芦苇，我预感到附近肯定有水泉。果然，继续前行，就见草地原来是一片沼泽，正有一道泉水暗涌其间。那道泉水似乎是出自加布拉山脉中两面峭壁之间一个狭窄的峡谷。我断定，沿此泉流而上，水质当更为清冽纯净，蚂蟥与青蛙当更为稀少，或许在山崖岩石之间，还能找到若干绿荫凉爽之处。刚一进峡谷，我的马就昂首嘶叫，引得另一匹我没有看见的马也回应了一声。我又往前走了百余步，峡谷口豁然开朗，眼前出现了一大块天然形成的圆形空地，四面皆有高崖峭壁耸立，恰把这空地笼罩在阴影之中。如果想坐下来歇息歇息，再也找不到比这更美妙的处所了。峭壁之下，泉水突涌飞溅，直泻一小潭之中，水潭细沙铺底，洁白如雪。潭边有橡树五六株，雄伟挺拔，浓荫如盖，掩映于小潭之上。生态如此繁茂，皆因经年累月受群峰遮挡，免遭劲风骤雨之害，又近水楼台，幸得清泉滋润所致也。更有妙者，水潭四周，细嫩的青草铺陈于地，如绿茵卧席，你休想在方圆几十里之内任何上佳客店里找到如此美妙的床榻。

但是，慧眼识佳境的并不只有我。在我到来之前，便已有人捷足先登了。显而易见，我进入峡谷时，那人还在呼呼大睡，他被马的嘶叫声惊醒了，就站起身来，向自己的马匹走去，那畜牲趁主人熟睡之际，正在周边的草地上大啃大嚼。这汉子年轻力壮，中等身材，体格结实，目光阴沉，神情桀骜不驯。他的肤色本来可能很好看，可惜被骄阳晒得黝黑，比头发还要黑。他一手抓着坐骑的缰绳，一手握着一把铜制的短铳。说老实话，他那把短铳与一副凶神恶煞的样子，颇使我吓了一跳，但我不相信是碰上了强盗，因为我老听说有强盗却从来没有遇见过。何况，老实本分的庄稼人全副武装去赶集的事，我也见得多了，总不能一见到枪就神经过敏，怀疑对方定有歹意吧。再说，我那几件衬衣和那本埃尔才维版本的《高卢战记》，他拿去有什么用呢？这么一想，我便朝那拿枪的家伙亲切地点了点头，笑着问他，我是否打扰了他的好梦。他未作回答，只把我从头到脚打量了一番。感到放心后，他又仔细打量那个随后来到的向导。不料那向导突然脸色煞白，惊慌失措，呆立不动。我想，坏了，碰上强盗了！但为谨慎起见，我决定不动声色，不流露出任何惊恐不安。我下了马，吩咐向导卸下马辔，然后来到泉边跪下，把头和双手浸在水里，再喝上一口凉水，肚皮朝下往草地上一趴，就像基甸手下那些没出息的兵丁①。

我仍留神观察我的向导和那个陌生汉子。向导很不乐意地走了过来，那汉子似乎对我们并无恶意，因为他把自己的坐骑放走，本来他是平端着短铳，现在也枪口朝下了。

我觉得不应该因为对方没有太搭理自己而动气，便往草地上一躺，态度随和地问那持枪汉子身上是否有火石，同时掏出了我的雪茄烟盒子。那汉子一言不发，在衣袋里搜了搜，取出火石，主动替我打火。显而易见，他的态度和缓了一些，竟在我的面前坐下，不过短铳仍不离手。我点着了雪茄，又在盒子

---

① 典出《旧约·士师记》第七章，耶和华命基甸挑选士卒抗敌，以在河边饮水的姿势为标准，凡跪下饮水者为不合格。

里挑了一支最好的，问他抽不抽。

“我抽，先生。”他回答说。

这是他说的第一句话。我发觉他念“S”这个音不像安达卢西亚人①，由此，我断定他和我一样，也是一个外乡的过路人，只不过不是从事考古职业的。

“这一支您一定会觉得不错。”说着，我递给他一支正牌的哈瓦那②上等雪茄。

他向我稍微点了点头，用我的雪茄点燃了他自己的那支，又点点头表示谢谢，然后高高兴兴地抽起来。

“啊！我好久没有抽烟了！”他说着，慢吞吞地把第一口烟雾从鼻孔里、口腔里吐出来。

在西班牙，一支雪茄的一递一接，就足以建立起友谊，正如在近东朋友之间分享面包和盐一样。出乎我的意料，那汉子倒是挺爱说话。他自称是蒙第拉地区的居民，但对该地区的情况并不太熟悉。我们当时歇脚的那个清幽的峡谷叫什么名字，他也不知道；附近有哪些村落，他也说不出来。最后，我问他是否在周围见过什么断壁残垣、石头雕塑，他回答说从来没有注意过这类东西。但他对马术却很在行。他把我那匹马大加评论了一番，当然，这并非难事，但接下来，其行道之精就毕现无余了。他向我大谈特谈他那匹马的家族世系，说它出自赫赫

---

① 安达卢西亚人发“S”音时，与发柔音“C”与“Z”并无区别，西班牙人将柔音“C”与“Z”发得像英文中的“th”，故听“Senor”一词，便能辨出是否是安达卢西亚口音。——作者原注

② 古巴首都，其雪茄蜚声全球。

有名的哥尔多养马场，据说，其血统高贵，耐力极强，曾经有一天跑了一百二十多公里，而且不是飞奔就是疾走。正说到兴头儿上，他突然停住，似乎有了警觉，感到后悔：自己怎么口无遮拦，竟说了这么多话。他有点儿局促不安，补了一句：“那是因为我要急着赶到哥尔多去，有一桩官司要求求法官。”他一边这么说，一边盯着我与向导，而那向导，一听此话，就低下眼睛朝地上看去。

既有绿荫，又有清泉，真是不亦乐乎，我情不自禁想起蒙第拉的友人们送我时，在我向导的褡裢里塞了几片上等火腿，便要他取出来，请那汉子随便吃点儿。刚才他说很久没有抽烟了，我看他至少有四十八小时没有进食了。果然，他狼吞虎咽起来，像个饿鬼。我想，这个可怜的家伙那天遇上了我，真可谓上帝赐福。但我的向导吃得不多，喝得更少，一声不吭，虽然一上路我就发现他是个无与伦比的话匣子。这陌生人在场，似乎使得他感到不舒服，他们两个各怀戒心，互相回避，其原因何在，我不得而知。

最后一些面包渣、火腿屑也都被那汉子一扫而光，我们每人又抽了一支雪茄。我吩咐向导把马套上，准备向我这位新朋友告别，这时，他突然问我打算在哪儿过夜。

向导赶紧给我使了个眼色，我没有来得及注意便脱口告诉那汉子，我们打算去库埃尔沃客店。

“先生，那客店太糟了，对您这样的人不合适……我也要到那边去，如果允许我奉陪，咱们可以结伴同行。”

“太好了，太好了。”我一边上马，一边回答。

向导替我扶着马镫，又向我使了个眼色，我耸了耸肩作为回答，好让他明白我是泰然处之，满不在乎的。于是，一行三人就上路了。

向导安东尼奥神秘的眼色、不安的表情，陌生人说漏了嘴的某些话，特别是他一天赶了一百二十多公里的故事以及对此的牵强解释，已经使我对这位旅伴的身份心里有数了。我毫不怀疑自己碰上了一个走私犯，或者一个强盗，可是这有什么关系呢？我对西班牙人的性格已经了解得入木三分，对于一个跟你在一块抽过烟、吃过饭的人，你是可以放心的。有这汉子同路，反倒是一种安全保证，不会被别的坏人所害。再说，我也很想见识见识土匪、强盗究竟是怎样一种人，这类人可不是经常能够碰得见的。与危险人物在一起也不无某种妙趣，尤其是在这个主儿和善而斯文的时候。

我想慢慢套出那汉子的真心话，所以根本不去理睬向导频频向我使出的眼色，而故意把话题引到拦路抢劫的强盗身上，当然用的是充满敬意的语气。当时在安达卢西亚出了个赫赫有名的大盗，名叫何塞·马利亚，他犯下的案子，真可谓家喻户晓。说不定我身边的这个主儿就是何塞·马利亚，我这么思忖着。于是，我大谈特谈这位大盗的传闻故事，专拣赞赏颂扬的话来讲，表示对他的勇敢大胆、仗义行侠佩服得五体投地。

“何塞·马利亚只不过是无赖小人一个。”那汉子冷冷地说。

这是他的自我鉴定还是过谦之词呢？我心里这样想。经过仔细打量，我发现这位旅伴的相貌与张贴在安达卢西亚许多城门口的告示上所描述的十分相像。对！一定是他……金色的头发，蓝色的眼睛，大嘴巴，牙齿整齐，双手细巧，穿优质布料衬衣，披条绒外衣，上缀有银色纽扣，脚蹬白皮套靴，骑一匹红棕色马……一点儿也不假，一定是他！不过，他既然要隐匿自己的真实身份，那么我们就不必去点破吧。

一行三人到了小客店。我的旅伴说得没错，这小店简陋到了极点，实为我从未遇见过的。只有一间大屋子，既是厨房，也兼做饭厅与卧室。房子中间有一大块石板，那就是生火煮饭的地方。屋顶上有一个窟窿，炊烟就从那里出去，有时烟就停滞在离地面几尺高的地方，像聚成了一团云雾。靠墙壁的地上，铺着五六张旧骡皮，就算是客铺了。整个屋子，就这么一大间，屋外二十步，有一个棚子，权且作为马厩使用。这家“美妙”的客店，当时只有两个人，一个老婆子和一个约莫十岁到十二岁之间的小姑娘，她们的皮肤又黑又脏，像是烟煤，衣服破烂不堪。我心想：古代蒙达·波蒂卡①居民的后裔竟沦落到现在这副模样！唉，恺撒呀，塞斯土斯·庞培②呀！假如你们死而复生，见此情景，定会惊讶不已！

老婆子一见我那位旅伴，不禁惊叫了一声，脱口喊道：“啊，唐·何塞老爷！”

唐·何塞皱起眉头，威严地摆了摆手，老婆子就乖乖地不吭声了。我转过头去偷偷向向导递了个眼色，让他明白，对于

---

① 罗马帝国的一个行省，即今安达卢西亚。

② 罗马帝国的历史人物，庞培大将之次子，庞培死后，其子仍与恺撒为敌。

这位将与我同榻而眠的旅伴，我已经了如指掌，用不着他再向我道明什么。出乎我的意料，晚饭倒还比较丰盛。饭菜摆在一张一尺高的小桌上，先是鸡丁炒饭，辣椒放得很多，然后是油炒辣椒，最后是加斯巴丘（一种用辣椒拌的沙拉）。三道菜都很辣，我们不得不老是打开酒囊靠美味的蒙第拉葡萄酒解辣。酒足饭饱之后，见墙上挂着一把曼陀林，这是在西班牙到处可见的乐器，我便问侍候我们的小姑娘会不会弹奏。

小姑娘回答说："我不会，可是唐·何塞弹得好极啦!"

我便邀请他赏脸弹唱一曲："敝人对贵国的音乐爱得入迷。"

"先生，你是一位仁人君子，用这么名贵的雪茄款待我，您什么事情我都不该拒绝。"唐·何塞兴高采烈地说道。随后他取下曼陀林，自弹自唱起来。声音粗犷，但悦耳动听，曲调凄凉而古怪，至于歌词，我一个词也没有听懂。

"如果我没有猜错的话，您刚才唱的并不是西班牙歌曲，倒像我在外省地区听见过的《佐尔齐科》，歌词大概是巴斯克语。"

"是的。"唐·何塞脸色阴郁地答道。

他把曼陀林放在地上，手臂交叉在胸前，呆呆地盯着快熄灭的火，脸上有一种异样的忧郁表情。经小桌上的灯一照，他的脸显得既高贵又凶猛，使人想起弥尔顿诗中的撒旦。也许，我这位旅伴也像撒旦一样，在想着自己离别的家园，想着自己一失足而不得不流亡漂泊的生活。我想再挑引他打开话匣子，他却缄默不语，完全沉浸在自己沉郁的默想之中。这时，老婆子已经在屋里一角睡下，那个角落拉了一根绳子，上面挂着一条破破烂烂的毯子，作为遮掩妇女卧榻的幕幔。随后，小姑娘也钻进了破毯子的后边。我的向导站起身来，要我陪他到马房去。一听这话，唐·何塞突然警觉起来，厉声问他要上哪里去。

“上马房去。”向导答道。

“你要干什么？马不是都喂饱了吗？你在这里睡下吧！先生会同意的。”

“我怕先生的马病了，希望他自己去瞧瞧，也许他知道该怎么办。”

显而易见，安东尼奥是想私下跟我说几句话，但我并不愿意由此引起唐·何塞的疑心，我觉得在当时的情况下，最好是对他表现出深信不疑，因此，回答向导说，我对马的事一窍不通，再说，我也很想睡觉了。于是，唐·何塞跟着向导去了马房，不一会儿，他自己就单独回来了，告诉我说，那马明明好端端的，但那向导却把它当宝贝，硬要用自己的上衣去给它擦身子，引它发汗，居然还自得其乐，准备干上一通宵。我已经倒卧在骡皮上，用斗篷将身体裹得严严实实，唯恐脏毯子贴着皮肤。唐·何塞说了声对不起，就在我身旁躺下，正对着门口，而且没有忘记将短铳的雷管重新顶上，放置在当枕头用的褡裢下面。我们互道了晚安，五分钟后，两人都沉沉入睡。

我想自己实在是太累了，居然还能在如此简陋的条件下睡得着，可是，个把钟头之后，我浑身奇痒难忍，醒了过来，发现是臭虫在作祟，心想与其住在这么一间令人难受的房子里，还不如到露天打发下半夜。我踮着脚尖走到门口，从呼呼大睡的唐·何塞身上跨过，我的动作极其小心翼翼，居然没有惊醒他就出了屋子。屋外有一条宽宽的长凳，我在上面躺下，准备就这么度过下半夜。正当即将再次进入梦乡的时候，我似乎感到有一个人影和一匹马影先后从我跟前走过，悄无声息。我赶紧坐起，认出是安东尼奥。见他半夜三更跑出马房，我大感惊奇，便站起来向他走过去。他先看见了我，就立即站住了。

“他在哪儿?”安东尼奥低声问我。

“在屋子里睡觉，他倒是不怕臭虫。你为什么把马牵走?”

这时，我才发觉，他为了走出马房时无声无息，已用毯子的破片小心翼翼地将马蹄裹上。

“看在上帝的分儿上，您小声点儿。”安东尼奥对我说，“您还不知道这家伙是谁吗?他就是何塞·纳瓦罗，安达卢西亚鼎鼎有名的大盗。今天一天，我向您做了好多暗示，您却不愿意理会。”

“是不是大盗，不关我的事，”我答道，“他又没有抢我们，我敢打赌，他绝无害我的心思。”

“好吧，不过把他举报出来，便可得到两百个金币的奖赏。我知道离这儿五六里路，有一个枪骑兵的驻扎所。天亮以前，我可以带几个精壮的汉子回来。我本想把他那匹马骑走，但那畜牲很厉害，除了纳瓦罗，谁都没法儿靠近它。”

“你见鬼去吧!他有什么对不起你的?这个可怜的家伙，你竟要告发他，再说，你能肯定他就是那个大盗?”

“绝对可以肯定，刚才，他跟着我进了马房，对我说：

‘你好像认得我，如果你同那位好心的先生说出我是谁，我就把你的脑袋打开花。’先生，今夜您别走，就留在他身边，您不用害怕，只要他见您在这里，他就不会起疑心。”

说着说着，我们离开那个客店已经有了一大段距离，不会有人听得见马蹄的声音了，于是，安东尼奥扯掉马蹄上裹着的破毯子，准备上马出发。我在作最后的努力，连央求带威胁想要他止步。

“先生，我是个穷光蛋，”他对我说，“不能轻易放弃两百个金币，何况，还能为本地除掉一大害。不过，您自己要当心，如果那家伙醒过来，他必定会操起短铳，那您就得留神了！我嘛，已经走到这一步，没法儿后退了，您自己想办法去对付吧！”

那浑蛋翻身上马，两腿一夹，很快就消失在黑夜之中。

我对这个向导固然很恼火，但心里着实有些不安。我先思索了一会儿，然后打定了主意，就回到屋里。唐·何塞仍在呼呼大睡，显然是因为最近几天颠沛流离而疲惫不堪，好不容易补偿补偿。我只得用力把他摇醒。我永远也不会忘记他那凶狠的眼神与扑向短铳的动作，幸好我防了他一手，先把他的武器放在离卧榻稍远一点儿的地方。

我对他说：“先生，很抱歉把您叫醒，但我想冒昧地问一句，如果有五六个官兵来到这里，您是不是会不乐意？”

他猛地一跃而起，厉声喝道：“这是谁告诉您的？”

“只要消息准确，别管它是哪儿来的。”

“您的向导把我出卖了，我饶不了他！他在哪儿？”

“我不知道……也许在马房里……是别人告诉我的……”

“谁告诉的？……不可能是老婆子……”

“是一个我不认识的人……别多说啦，您要不要等那些大兵来？如果不要，那就别耽误时间，不然的话……但愿您今晚平安无事。我把您吵醒了，抱歉抱歉！”

“咳，你的那个向导，那个向导，我早就对他起疑心了……可是……这个账我是要跟他算的……先生，后会有期。您帮了我一个大忙，上帝会保佑您的。我并不全像您想的那么坏……是的，我天良未泯，还有些地方值得仁人义士的同情怜悯……再见啦，先生，我感到很遗憾，未能报答您的恩情。”

“如果您想报答我，那就请您答应我，不要怀疑任何人，也不要老想报复。喏，我还有几支雪茄，您拿去在路上抽。祝您一路平安！”说罢，我向他伸出手去。

他一声不吭地握了握我的手，拿起短铳与褡裢，用我听不懂的土话跟老婆子说了几句，然后就去了马房。不一会儿，就听到他的马在平原上飞奔了。

我回到长凳上躺下，但难以入眠。我扪心自问，把一个强盗，甚至是一个杀人犯从绞刑架上救下来，仅仅是因为我跟他在一起吃火腿与鸡丁炒饭，这样做是否恰当？那个向导倒是在维护法律，我不是把他出卖了吗？不会给他招来恶人的报复吗？可是，朋友之间总该讲义气呀！对此，我又想，此乃野蛮人的偏见陋习也。难道强盗以后犯了罪，也得要我负责……但是，种种冠冕堂皇的道理都难以容忍的这种内心良知，难道果真就是偏见？也许，在我当时所处的那种尴尬境况下，不论我怎么做，事后都难免会感到后悔。正当我为自己的行为是否合乎道德规范而在反复思量时，忽见来了六个持枪骑兵，安东尼奥则小心翼翼地走在后面。我迎上去，告诉他们，强盗逃跑已经有两个多小时了。老婆子在班长的盘问下，回答说，她的确认识纳瓦罗，但她一个人势单力薄，不敢冒生命危险去告发，还说，那家伙每次来，照例在半夜就离去。至于我这个证人，则必须走上十几公里，将护照交给区里的法官检验检验，再签署一份证词，然后才获得允许，可以继续我的考古勘察。安东尼奥对我颇为怨恨，怀疑是我断了他两百金币的财路。但回到哥尔多后，我与他还是客客气气地分手了，因为我在自己财力允许的情况下，大大地给了他一笔厚重的报酬。

## 二

我在哥尔多停留了几天，有人告诉我，在多明俄修道院的图书馆里，有一部手稿，可能会给我提供关于芒达地区的重要资料。和善的神父热情地接待了我，白天我便待在修道院里查阅资料，傍晚则到城里去闲逛。在这个城市，夕阳西下时，很多闲人都挤在瓜达基维尔河的右岸上。那儿有一股浓烈的皮革味，自古以来，当地就以制革业而闻名遐迩。在这河岸边，你还可以观赏到以下这么一道别有风味的景色：在晚祷的钟声敲响前的几分钟，就有一大批妇女聚集在河边高高的堤岸上，只等晚钟一响，大家以为天黑了，所有的女人在最后一下钟声落定之际，就纷纷脱掉衣服，跳进水中。于是，叫喊声嬉笑声汇成一片，闹得不亦乐乎。河岸上，男人们把眼睛睁得大大的，从高处盯着浴女戏水，可惜什么都看不清。深蓝的河水上，有影影绰绰的乳白色的出水芙蓉，这就足以使有诗意的人悠然神往，浮想联翩。你只要略加想象，就不难将眼前的情景当作狄安娜与仙女们的天浴，而用不着害怕自己碰上阿克泰翁那样的命运①。据说，有一天，几个轻薄无赖凑了些钱，买通寺院的敲钟人，将晚祷的钟声提前二十分钟敲响。虽然当时天色尚甚为明亮，但瓜达基维尔河岸上的仙女们对晚祷声比对太阳更为信任，便毫不迟疑，泰然自若地换上“浴装”，而她们的“浴装”自古以来就是最自然简单的。那一次我没有在场。我在哥尔多期间，敲钟人从来不收贿赂，况且，暮色朦胧，只有猫的眼睛才能在一大群浴女中分辨出谁是年纪最大的卖橘子女人，谁是哥尔多城中最漂亮的女工。

一天傍晚，夜幕已经降下，我正在堤岸凭栏抽烟，忽然，沿着从河边延伸上来的石阶，过来了一个女人，在我身边坐下。她鬓间插着一大束素馨花，在夜色里发出一股醉人的香气。她穿着朴素，甚至有点儿寒酸，一身黑衣服，就像大多数女工晚间所穿的那样。如果是大家闺秀，那就是早晨穿黑色衣服，而晚上则一身法国装束了。那刚出浴的女子来到我身边时，故意让披在头上的纱巾轻轻滑落在肩上，我借着朦胧的星光，看出来她很年轻，身材娇巧匀称，有一双大眼睛。我立刻将雪茄扔掉。她明白这是典型的法兰西礼貌，便赶紧对我说，

---

① 狄安娜为希腊神话中的狩猎女神。阿克泰翁乃一猎手，他因偷窥狄安娜入浴，被女神变成一头牝鹿，遭猎犬咬死。

其实她很喜欢闻烟草的味道，如果遇上味道醇和的卷烟，她还能抽上几口呢。正巧，我烟盒里有几支这种烟，便赶紧递了过去。她果然取出一支，花了一枚小钱向一个小孩儿借了个火儿，把烟点上。我跟这位漂亮的浴女一边抽烟一边聊天，不觉时间过了许久，堤岸上几乎只剩下我们两个。这时我想，如果邀请她到冷饮店吃冰淇淋，大概不至于有唐突冒昧之嫌。她略微谦让了一下也就接受了，但先问了问我是几点钟了。我把怀表一按，表就发出了铃声，她对此大感惊奇，说：

“你们外国人发明的玩意儿真有意思！先生，您是哪国人？一定是英国人吧！”

“在下是法国人。您呢？是小姐还是夫人？大概是哥尔多本地人吧？”

“不是的。”

“我想您该是耶稣国人氏，离天堂仅两步之遥。”“耶稣国”即指安达卢西亚，这一隐喻的说法，我是从好友、著名的斗牛士弗朗西斯科·塞维利亚那里学来的。

“得了吧！天堂！……本地人都说，这天堂属于他们，而不是给我们准备的。”

“那么，您是摩尔人啰，要不然就是……”我打住了，不敢说犹太人这个词。

“算了！算了！您明明知道我是波希米亚人。怎么，要不要我给您算个命？您可听见过人们说的卡尔曼小姐？那就是我。”

早在十五年前，我就是一个不信邪不怕鬼的主儿，即使巫婆站在我身边，我也不会被吓跑。这时一听卡尔曼的自白，我心里就这么想：“好哇，上星期才跟拦路抢劫的大盗共进过晚餐，而今何妨带上一个魔鬼的女徒去饮冰纳凉。行走江湖，什么事都该见识见识。”除此之外，还有另外一个动机促使我进一步跟她结交。说来惭愧，我中学毕业后还曾浪费过不少时光研究巫术，甚至还玩过几回召神唤鬼的把戏。虽然这种怪癖早已戒掉，但我对一切迷信活动仍兴趣不减。若能见识见识波希米亚人的魔术修炼到了几层，真乃一大乐事也。

交谈之间，我们走进了冷饮店，找了一张小桌子坐下。桌上有一个玻璃罩，里面点着一支蜡烛。这时，我才有工夫仔细打量这个吉卜赛姑娘。屋里有几个正在喝冷饮的顾客，见我有如此一个美人做伴，脸上都露出惊讶的神情。

我怀疑卡尔曼小姐并非纯粹的波希米亚人，至少她比我遇见过的同族妇女要美丽很多倍。据西班牙人说，一个美女必须具备三十个条件，换句话说，必须当得起十个形容词，而每个形容词还要适用于她身上的三个部位。例如，必须有三黑：眼睛黑、眼皮黑、睫毛黑，有三细：手指细、嘴唇细、头发细，等等，详见布朗托姆的论述①。我面前这位波希米亚姑娘当然不是如此十全十美：她的皮肤虽然非常光洁柔美，但肤色近若黄铜；她的眼睛大得“美轮美奂”，但有点儿斜视；她的嘴唇

---

① 布朗托姆（1535—1614），法国贵族，著有《名人名将传》《风流贵妇传》《名媛录》等，其《名媛录》第二卷，记述了西班牙人关于美女的种种标准。

略厚，不过线条极美，露出一口比杏仁还白的牙齿；她的头发也许有点儿粗，但又黑又长又亮，像乌鸦的翅膀闪映出蓝光。为了避免描写流于琐细冗长，招惹看官生烦生厌，我可以总括一句，她身上的每一个缺点都伴随着一个优点，两相对照，反倒更衬托出美。那是一种别具一格的野性的美，她那张脸，初见之际使你感到惊讶，继而就永远难忘了。尤其是她的眼神，既妖媚又凶狠，我从没有见过像她这样的眼神。西班牙人有谚语曰，波希米亚人的眼是狼眼，此语观察入微，准确传神。如果列位看官无暇去植物园研究狼眼，只需观察您府上的猫儿捕麻雀时的眼神就行了。显然，在冷饮店里算命不免让人笑话。因此，我要求到这位美丽的女巫家里去进行，她立即满口答应了，但要知道是几点钟了，要求我把怀表再打开一次。

"是纯金做的吗？"她专注地端详着那只表，问道。

我和她离开冷饮店时，夜幕已经完全垂下，大部分店铺已经关门，街上几乎没有行人了。我们走过瓜达基维尔大桥，一直走到城区的尽头，在一所毫无奢华体面可言的房子前停了下来。一个孩子出来开门。波希米亚姑娘跟他讲了几句话，我听不懂他们在讲什么，后来才知道他们讲的是"罗曼尼"或"奇波里卡"，亦即波希米亚人的土话。那孩子听了后立刻就走了，将我们留在一间相当宽敞的房间里，房里有一张小桌、两把小凳和一个柜子，我不该忘了，还有一罐水、一堆橘子和一捆洋葱。

房间里只有我们两个人，波希米亚姑娘从柜子里取出一副已玩得很旧的纸牌、一块磁石、一条枯干的四脚蛇以及其他几样法器，吩咐我手拿一枚钱币画个十字，接着，她便开始作法行术。她口里念念有词且不细表，仅从她的架势动作来看，显然绝非一个半吊子女巫。

可惜法事未行多久，就受到了打扰，突然，房门猛然一下被打开，一个身裹棕色斗篷、只露出两只眼睛的男子走了进来，很不客气地对那姑娘大声呵责。我没有听懂他在说什么，但他的声调表明他很恼火。吉卜赛姑娘见了他，既不惊讶，也不生气，只迎了上去，用她刚才在我面前讲过的神秘土话，滔滔不绝地说了一堆。我只听出她重复了好几次“外国佬”这个词，知道那是波希米亚人对一切异族人的称呼。我猜想大概是在谈论我，看样子，来者不善，我会碰上麻烦，于是，我抄起一把凳子，准备找准时机朝那男人头上扔去。他把波希米亚姑娘粗暴地推开，向我走近，接着又后退一步，嚷嚷道：

“哦！先生，原来是您！”

我仔细端详，认出了这男子就是唐·何塞，我那位朋友。这时，我真有些后悔上次没让大兵把他抓去吊死。

“啊！老兄，原来是您！”我笑着对他说，尽可能笑得自然点儿，“小姐正在给我算命，正好被您打断了。”

“她的老毛病，非得要她改一改。”他咬牙切齿，目露凶光，直瞪着那姑娘。

波希米亚姑娘继续用土语跟他说话，而且越来越激动，两眼充血，凶光毕露，脸色陡变，还不停地跺脚，看样子似乎在逼唐·何塞干一件事情，而他却犹豫不决、裹足不前。究竟是什么事情，我也心知肚明，因为她一再用她的纤纤小手在脖子上抹来抹去。我断定这手势是指要割断一个人的脖子，而这个人就是我。

对这姑娘滔滔不绝的一大堆话，唐·何塞只是斩钉截铁地回答两三个词。姑娘非常轻蔑地瞪了他一眼，然后就走到房间一个角落里盘腿而坐，拣了一个橘子，剥了皮，吃了起来。

唐·何塞抓住我的胳臂，打开门，把我带到街上。我们俩谁也不吭声，走出二百来米，他用手一指，对我说：

“您一直往前走，就到大桥了。”

说完，他转过身去，很快走了。我回到客店，颇感尴尬，闷闷不乐。更糟的是，脱衣时发现怀表已不翼而飞。

出于种种考虑，我第二天没有去要回我的表，也没有要求本地当局去替我找回。我在多明俄修道院结束了对那份手稿的研究，便动身去塞维利亚。在安达卢西亚漫游了好几个月之后，我就准备返回马德里了，而哥尔多正在必经的路上。这次我并不想在那里久留，因为这座美丽的城市与瓜达基维尔河岸的出水芙蓉，都已经使我心存反感。但是，我有几个朋友要拜访，有几件别人委托的事要办，我不得不在这座城市要至少逗留三四天。

我又到多明俄修道院去了，那位对我研究芒达古战场一直很关心的神父立刻张开双臂迎了上来，大声说道：

“感谢上帝！欢迎欢迎，老朋友，我们都以为您已经不在人世了。我告诉您吧，为了超度您的亡灵，我已经念了好多天的祷词。您能平安归来，我白念了一场也不后悔。这么说来，您没有被人谋害啰，因为您遭人抢劫的事，我们是知道的。”

“你们是怎么知道的？”我有点儿惊讶。

“您有一块报时表，以前您在修道院图书馆工作的时候，每当我们告诉您该去听唱圣诗时您便按动机关报时。好啦，那块表要物归原主了，待一会儿就还给您。”

“这就是说，”我丈二和尚摸不着头脑，急不可待地发问，“我丢了的那只表是……”

“抢表的那个坏蛋已经被关进牢里了，谁都知道，他这种恶人，哪怕只为了抢一点儿小钱，也会朝一个基督徒开枪的。我们都担心他把您杀了。回头我就陪您到市长那里去，把您那块漂亮的表领回来。这样，您回去后就别说西班牙的司法当局效率不高了！”

“实不相瞒，”我对他说，“我宁愿丢了那块表，也不愿意出庭指证一个穷光蛋，让他被吊死，尤其是因为……因为……”

“噢，您大可放心，那家伙罪有应得，只吊死他一次，他不亏。说吊死不够准确，抢您手表的那个人是个贵族，所以后天他是受绞刑①，当然，绝不赦免。您瞧，多抢一次少抢一次，根本就不影响对他的判决。如果他只抢劫，那还得多感谢上帝！但是他呀，血债累累，一桩比一桩残酷。”

“他叫什么名字？”

“本地人叫他何塞·纳瓦罗。但他还有另一个巴斯克语的名字，发音别扭，你我休想念得出来。真的，此人倒值得一看，既然您喜欢探胜猎奇，饱览本地风光，那就该乘此机会去

---

① 从1830年开始，犯死罪的贵族享有被处绞刑的特权。——作者原注

见识见识在西班牙是怎么打发坏蛋离开人世的。他目前关在小教堂①，马丁内斯神父可以领您去。”

这位神父一再要我去看看“挺有意思的绞刑”是如何按部就班进行的。盛情难却，我便随人去看那个死囚，但请他原谅我去探监时要带一盒雪茄。

我被领到唐·何塞的跟前时，他正在吃饭。他冷冷地向我点了点头，很有礼貌地谢谢我送他的雪茄，挑出了几支后，把其余的还给我，说这么多他抽不完。

我问他是不是花点儿钱，或者靠我跟有关人士的交情，能替他减减刑。他先是耸耸肩膀，苦笑了一下，然后又转了念头，托我找人为他做一台弥撒，超度他的灵魂。

“您能否，”他又怯生生地追加一个要求，“您能否为一个得罪过您的人，另外再做一台？”

“当然可以啦，朋友，可是，我实在想不出本地有谁得罪过我。”

他握起我的手，神情严肃地握着，沉默一小会儿说道：

“您能再替我办一件事吗？……您回国的途中，也许会经过纳瓦拉②。至少会经过维多利亚，这两地相距不远。”

“是的，”我对他说，“我肯定得经过维多利亚。绕道去一趟班布罗那③，也不是办不到的事，为了您，我乐意绕这

---

① 西班牙法律规定，死刑犯在受刑前三天关在教堂进行忏悔。

② 西班牙北部一个自治区，居民大多是巴斯克人。

③ 西班牙纳瓦拉省的首府。

个弯。”

“好极啦！如果您去班布罗那，一定可以看到不少您感兴趣的东西……那是一个美丽的城市……我把这枚徽章交给您。”说着，他用手指着挂在他脖子上的一枚银质徽章，“请您用纸包好……”他又停了一下，努力调控自己激动的情绪，“请把它交给一位老妈妈，她的地址我待一会儿给您，您只告诉她，我死了，别说是怎么死的。”

我答应他一切照办。第二天，我又去探监，和他度过了大半天，下面这个悲惨的经历就是他亲口告诉我的。

## 三

他的讲述如下：

我名叫唐·何塞·里萨拉哥业，出生于巴兹坦①盆地的艾里仲多。先生，您对西班牙的情况很熟，一听我的名字就会知道我是巴斯克人，而且，祖祖辈辈都是基督徒。我姓氏前面的“唐”并非我冒充的②，如果是在艾里仲多我的老家，我可以向您出示羊皮纸的家谱为证。我的家庭想让我进教会当神父，送我上学，但我一点儿也不上心。我玩儿心太重，特爱打网球，这就断送了我的前程。我们这些纳瓦拉人，一打

① 西班牙一富饶省区，居民多有贵族头衔。
② 在西班牙，贵族的姓氏前均以“唐”为标志。

起网球来，什么都忘得一干二净。有一天，我赢了球，一个阿拉瓦省的小伙子向我寻衅，两人都动了铁棍，在这场恶斗里我又是赢家，但是伤了人，闯了祸，就不得不逃离家乡躲风。路上碰到了龙骑兵，我便入伍进了阿尔曼萨骑兵营。我们这些山民习武打仗一学就会。我不久便当上了下士，上级正要提升我为中士时，倒霉的事情来了。我被派往塞维利亚烟草厂当警卫。如果您去塞维利亚，一定会看到城外瓜达其维尔河边那座大建筑，时至今日，我觉得那烟草厂大门与旁边的警卫室，仿佛仍历历在目。西班牙大兵值班时，不是打牌便是打瞌睡，我这个老实巴交的纳瓦拉人，却总想找点儿正事做做。有一天，我正在用黄铜丝编织一条链子，以用来拴住我枪上的枪针，忽听见弟兄们在嚷嚷："敲钟了，敲钟了，姑娘们快回来干活儿啦。"先生，您知道，烟厂里足足有四五百女工，都在一个大厅里卷雪茄。任何男性若无"二十道条纹"① 的批准，皆不得入内，因为天热的时候，女工们都衣衫不整，尤其是年轻的。女工们吃过午饭回厂时，很多年轻小伙子都会观看她们招展而过，还油嘴滑舌地跟她们搭讪打诨。姑娘们对塔夫绸头巾之类的礼物，从来都不拒收。风流浪子只需以此为诱饵，上钩的鱼儿即可俯身而拾。大伙争相观赏之际，

① 西班牙城市警察局局长兼行政长官。——作者原注

我正坐在大门旁边的板凳上，那时我还年轻，总思念自己的家乡，总认为不穿蓝裙子、肩上不搭着两条长辫子的姑娘①，绝对算不上漂亮。况且，安达卢西亚的女孩子也叫我害怕，她们尖酸刻薄，没有一句正经话，这种作风使我很不适应。所以，当时我仍埋着头编我的链子，忽然，听见围观的人嚷嚷起来："瞧呀！那个吉卜赛妞儿来啦！"我抬起眼睛，一下就看见了她，我永远不会忘记，那是一个星期五。我瞧见的那个妞儿，便是您所认识的卡尔曼，几个月前，我就是在她家里遇见了您。

她穿一条红色的超短裙，露出一双破了有好几个窟窿的长筒丝袜，脚上是一双漂亮的红皮鞋，上面系着火红的丝带。她撩开了头巾，露出她的肩膀与插在衬衣上的一束金合欢花。她嘴角上也叼着一朵小花，柳腰款摆，招摇而行，活像哥尔多养马场里一匹小牝马。若在我的家乡，大家看见一个如此装束的女人，都会惊骇得画十字，但在塞维利亚，她的体态风情却博得了每个人带轻薄意味的奉承；而她，则一唱一和，还两手叉着腰，向众人大抛媚眼，那种放浪淫荡的劲头儿，真不愧为地道的波希米亚妞儿。我起先并不喜欢她，便又埋头做我的活计。但是她呀，像所有

---

① 纳瓦拉省的农村妇女的普通装扮皆为穿蓝裙子、搭长辫子。——作者原注

的女人，像所有的猫儿，你叫她们，她们不来，你不叫她们，她们偏要来，她竟然在我跟前停下，跟我搭讪："大哥，"她用安达卢西亚的方式称呼我，"你的链子能不能送我，给我系钱柜上的钥匙？"

"这是我系枪针用的。"我回答说。

"你枪上的枪针！"她大肆嘲笑地嚷嚷，"哦，你老兄原来是做挑绣活计的，怪不得要用上钩针①呀！"

在场的人哄然而笑。我满脸通红，尴尬得答不上话来。

她得寸进尺，说："来呀，我的心肝儿，替我钩七尺黑色花边做一块头巾吧，亲爱的钩针师傅！"

说着，她取下嘴角上的小花，用大拇指一弹，正好将花弹中我的鼻梁。先生，那花简直就像一颗子弹……我无从躲闪，挨个正着，呆立在那里，像一根木头。她走进工厂后，我才发现那朵花已落在地上，正好在我两脚之间，我不知是中了什么魔，竟趁着弟兄们不注意的时候，将花捡了起来，如获至宝地放进上衣口袋。这是我干下的第一桩蠢事！

过了两三个小时，我还沉浸在对这件事的回味中，突然，一个看门人气喘吁吁、面无人色地跑进警卫室来，报告说卷雪茄的大厅里，有一个女人被杀，

---

① "枪针"法文原文为"epinglette"，"钩针"法文原文为"epingle"，小说人物利用两词的相近，用作双关的戏谑语。

必须赶快派警卫去。排长命令我带两个弟兄进去。我领着人上楼，一进大厅，首先看到的是三百个只穿着衬衣或几乎只有衬衣蔽体的妇女，正在又叫又嚷、指手画脚、闹成一片，声响震耳，即使天上打雷，大厅里也听不见。有个女人躺在地上，仰面朝天，浑身是血，脸上被人用刀划了个大十字，几个心肠好的女工正在忙着救护。靠近伤者的另一旁，卡尔曼已被五六个同事抓住不放。受伤倒地的那个女人嚷道："快叫神父来，我快死了！我要忏悔！"卡尔曼则一声不吭，咬紧牙关，眼珠滴溜溜乱转，活像四脚蛇一样。

"怎么回事儿？"我问道。

女工们七嘴八舌，同时向我讲述，我好不容易才听明白事情的经过。大致上是这样的，那受伤的女人夸口自己兜里有许多钱，足可以在特里亚纳①集市上买一头驴子。多嘴好事的卡尔曼取笑道："嘿！你有一把扫帚②还不够吗？"对方一听便恼了，认为此语恶毒伤人，也许是由于"扫帚"一词犯了自己的忌讳，便针尖对麦芒，反击说，她对扫帚一窍不通，既没有荣幸做波希米亚人，也当不上撒旦的干女儿，不过，将来卡尔曼小姐陪市长大人去散步，屁股后面跟着两个仆人轰苍蝇的时候，就会很快跟她买下的驴子

① 塞维利亚城郊一吉卜赛人聚居点。

② 在欧洲民间传说中，女巫是靠骑扫帚而在夜间飞行的。

混熟的。卡尔曼一听对方的反唇相讥，便说：“那好吧，我先在你脸上挖几个槽让苍蝇喝水，还想给你脸上划一个棋盘哩。”说时迟，那时快，她拿起一把切雪茄烟的刀，咔嗒两下，让对方的脸开了花。

案情一清二楚，我抓住卡尔曼的胳臂，彬彬有礼地对她说：“大妹子，你得跟我走。”她瞅了我一眼，似乎认出了我，乖乖地说：“那就走吧，我的头巾呢?”她系上头巾，只露出一双大眼睛，柔顺得像一只绵羊，跟随我的两个兄弟走了。到了警卫室，排长认为案情严重，得把她关进监狱。押解的差事又落到我头上，我命令两个龙骑兵一边一个，把她夹在中间，而我则按押解犯人的规矩，一人殿后。我们一行人就这么朝城里进发。起初，那波希米亚女子一声不吭，但到了蛇街——这条街您是认识的，弯弯曲曲，真是名副其实——一进街口，她故意让头巾滑落在肩上，让我看见她那迷人的脸蛋，而且老扭过头来和我说话：

“长官，您要带我去哪儿?”

“去监狱，可怜的小家伙。”我尽可能以柔和的口气回答她。一个好军人对待囚犯，尤其是女犯，理当如此。

“哎哟，那我将来会变成个什么呀，长官大人，可怜可怜我吧。您这么年轻，这么和气……”然后，她压低声音说道，“放我走吧，我会给您一块儿‘巴拉齐'，它可以使所有的女人都爱您。"

先生，"巴拉齐"是一种磁石，据波希米亚人说，掌握了某种秘诀，可以用它施展许多法术。例如，刮下若干粉末掺入一杯白葡萄酒里让女人喝下，她就会任你摆布。当时，面对卡尔曼的诱劝，我摆出最一本正经的面孔，对她说：

"少在这儿废话，要把你关进监狱，这是命令，决不通融。"

我们巴斯克人说话有口音，一听就知道不是西班牙人。相反，西班牙人也没有一个能把"巴伊，姚纳"① 这句话说得清清楚楚。所以，卡尔曼很容易就能猜出我是个外省人。先生，您知道，波希米亚人没有自己的祖国，四海为家，到处流浪，能讲各地的语言，他们大部分人定居在葡萄牙、法国和加塔罗尼亚。他们甚至和摩尔人、英国人也能对话。卡尔曼的巴斯克语讲得相当好。她突然操这种语言对我说：

"拉古纳，埃内，比霍察雷那，② 我的心上人，您跟我是同乡吗？"

先生，我们的巴斯克语实在是太美了，客在异乡，一听到自己的家乡话，便不由得全身激动……

---

① 原文为巴斯克语，意为："是的，先生。"

② 原文为巴斯克语。

说到这里，唐·何塞压低声音加了一句：“我希望有一个外省神父来听我的临终忏悔。”接着，他又说下去。

“我的老家是艾里狄多。”我听她讲我的家乡话，心里特别感动，便用巴斯克语回答说。

“我嘛，我的老家是艾查拉尔。”她讲的这地方，离我的家乡只有四个小时的路程，“我是被波希米亚人拐骗到塞维利亚来的。我在卷烟厂当女工，想挣些钱做路费回到纳瓦拉我妈身边去。我妈只有我这么一个依靠，家里只有一个巴拉切阿①，种了二十棵酿酒用的苹果树。唉，要是我能回到家乡，站在白雪皑皑的山峰前，那该多好啊！刚才那些人辱骂我，就因为我不是本地人，跟那些流氓骗子和卖烂橘子的小贩不是同乡。那些臭娘儿们合起伙来跟我作对，因为我毫不客气地告诉她们，即使她们塞维利亚所有的‘雅克’② 手执刀枪一齐上，也敌不过咱们家乡一个头戴蓝贝雷帽、手执马基拉的汉子。喂，好伙计，好朋友，您就不能给同乡妹子帮个忙吗?”

这妞儿撒谎，先生，她撒谎成性，真不知道这妞儿一辈子是否讲过一句真话。但只要她一开口，我就信以为真，一物降一物，我自己也无能为力，虽然她

① 原文为巴斯克语，意为：小园子。

② 原文为巴斯克语，意为：爱炫耀武力、好斗成性的小伙子。

的巴斯克语说得很蹩脚，我却真相信她是纳瓦拉人。其实，光看她的眼睛，还有她的嘴巴与肤色，就知道她是波希米亚人，可当时，我真是鬼迷心窍，对所有这些都视而不见。我心想，如果西班牙人敢说我家乡的坏话，我也会像她刚才对付同伴那样，用刀子划破他的脸。总而言之，当时，我在她面前如痴如醉，说起话来傻里傻气，眼看就要干蠢事了。

她又用巴斯克语对我说："老乡，如果我一推您，您只要往地上一倒，那两个卡斯提尔傻小子就休想抓得住我……"

我的天呀，我把押解犯人的命令忘到九霄云外，对她的鬼主意竟表示同意："那么，乡妹子，小乖乖，你不妨试试看，但愿山上的圣母保佑你！"

说着，我们正经过一条小巷，在塞维利亚这样的小巷遍布全城。说时迟，那时快，卡尔曼霍地一转身，给我当胸一拳，我立即故意仰面一倒，她则乘势一蹦，从我身上跃过，拼命地跑，我们只能看见她飞奔的两条腿……俗话说得好，巴斯克人有飞毛腿，果然不假，她那两条腿堪当此称……不但跑得飞快，而且姿势优美。我当即赶快爬了起来，却故意将长枪一横，挡住了去路，两位兄弟正想去追，却被耽误了一下。然后，我才开始在后头追去，而他俩则尾随在我身后。我们三个追捕者，脚穿带马刺的军靴，腰挎军刀，手持长枪，要追上她？休想！不到我跟您讲这句话的工夫，那女犯就逃得无影无踪了。况且，附近街坊的妇女瞎起哄，那些女人要么在旁边大肆嘲笑追捕者，要么故意指错方向，这大大有助于她逃之夭夭。我们来来回回搜索了好几趟，最终完全落空，只好返回警卫室，但未能带回监狱长收押女犯的收条。

跟随我的那两个弟兄，为了脱离干系，免受处分，供出了卡尔曼曾用巴斯克语和我交谈，而且，那么娇小的女子一拳就轻而易举将我这样的壮汉撂倒，看来其中也有诈。所有这一切，都十分可疑，明眼人一看便心里有数。我下了岗，被撤了职，送去蹲一个月监狱。这是我入伍后第一次受罚，本以为十拿九稳的排长一职，从此以后就彻底告吹。

入狱后的头几天，我情绪低沉，心境悲凉。当初有两个同乡——龙加与米纳，他们早已经是将军了。还有夏巴朗加拉，他和米纳一样，也是个造反派①，后来也逃亡到贵国去了，居然也当上了上校。他有个兄弟，跟我一样是个穷光蛋，我们在一起玩网球不下二十次。一进监狱，我就对自己说，你过去那些奉公守法的日子，全都付诸东流啦。现在，你的档案上有了污点，你要恢复你在长官们心目里的良好形象，就必须比你刚入伍时多下十倍的苦功！为什么我会受此处罚？仅仅是为了一个对我冷嘲热讽的波希米亚小婊

---

① 此二人均为十九世纪初西班牙游击队的领导者。

子。说不定这臭娘儿们正在城里某个地方偷东西呢。偏偏我没有出息，还在念想着她。先生，您能相信吗，她逃走时腿上那双有窟窿的丝袜，仍然在我眼前晃来晃去？我从监狱的铁窗向街上望去，见那些来来往往的妇女，竟无一人比得上这个鬼婆娘。我不由自主地还在闻着她扔给我的那朵花的香气，花虽已经干瘪，但芳香仍在……如果世界上真有妖女巫婆的话，她准是其中的一个。

有一天，狱卒走进来，递给我一块儿阿尔加拉面包①，对我说："拿着，这是你表妹给你送来的。"

我接过面包，心里很纳闷，在塞维利亚我并没有什么表妹呀。我看着那块儿面包，心想这也许是有人弄错了。但是，那块儿面包美味诱人，令人垂涎欲滴，我也顾不上是哪儿来的，是谁送的，决定吃了再说。我用刀一切，却碰上了一个硬硬的东西。我发现原来是一把小小的英国锉刀，那是在和面时塞进去的。另外，还有一枚两元钱的金币。显而易见，是卡尔曼送进来的。对于她那个种族的人来说，人身自由比什么都重要，为了少坐一天牢，他们宁可把整个一座城市都烧得一干二净。那鬼婆娘真狡诈，用这么一

① 阿尔加拉是离塞维利亚约八公里的一个小镇，所烤制的小面包，美味可口，据称，系得益于该地优质水泉之故。此种面包，每日均大量运往塞维利亚销售。——作者原注

块儿面包就把狱卒骗过去了。要不了一个钟头，我就可以用这把小锉刀把铁窗上最粗的那根铁条锯开，揣着那块金币，到最邻近的一家旧衣店，用身上的军大衣换上一套便服。您不难想象，一个常在自己家乡悬崖峭壁上掏鹰巢的小伙子，要从不到三丈高的窗口下到街道上，那简直就是轻而易举的事。但我不愿意逃，我还有军人的荣誉感，认为当逃兵是罪大恶极的行为。不过，卡尔曼这种讲义气之举使我着实感动。要知道，一个人被关在牢房里，想到外面有人在念想你，总是很高兴的。只有那块金币使我不快，真想把它退回去，但谈何容易！到哪里去找这个塞钱给我的主儿呢？

革职仪式举行之后，我自认为不会再受什么羞辱了，但没有想到还有一桩丢脸的事要我去硬扛。出了监狱后重新上班，我被派去和小兵一样站岗。这对于一个要脸面的男人来说，是多么难堪的事。我甚至觉得还不如被枪毙算了，至少在行刑之时，可以昂首走在前头，一排士兵跟在屁股后面，围观的人都瞧着你，你觉得自己颇像个人物。

我被派到上校门外站岗。他是个有钱的年轻人，脾性随和，喜爱玩乐。营里所有的年轻军官常聚在他家里，还有许多平民百姓，也有一些女人，据说都是女戏子。我觉得似乎是全城的人都不约而同到他家门口来观赏我。喏，上校的马车来了。马车夫的旁边坐着上校的贴身男仆。您猜从车上下来的是谁？就是那个吉卜赛女人。这一回，她打扮得花枝招展，浓妆艳抹，衣裙上金光闪闪，彩饰飘飘，整个人包装得就像一个圣人遗骸盒。裙子上装点着亮晶晶的缀片，蓝色的鞋子上也饰有闪亮的晶片，全身上下不是彩绣便是花带。她手里拿着巴斯克鼓，与她在一起的还有两个吉卜赛女人，一老一少。按惯例，领头的是一个老婆子，还有一个吉卜赛老头儿抱着一把吉他，是专门负责给她们的舞蹈伴奏的。您知道，有钱人聚会时常把波希米亚姑娘叫来，要她们跳她们所特有的罗马利斯舞，此外，往往还要她们提供其他乐子。

卡尔曼认出了我。我俩互相看了一眼，不知怎的，这时我真恨不得钻进地底下去。

“阿居，拉居纳。”① 她跟我打招呼，“长官，你怎么像小兵一样站岗守门啦！”

还没等我回应一声，她就已经进去了。

来寻欢作乐的人都聚在院子里，虽然人多，但我仍隔着铁栅栏②把里面的情形看得一清二楚。我听见鼓声、响板声、笑声、喝彩声；偶尔卡尔曼击着巴斯

---

① 巴斯克语，意为：“你好，伙计。”

② 塞维利亚的房屋，大多数都有院子，四面有游廊围着。夏天，大家都待在院子里。院子顶上张着布篷，白天往上洒水，晚上撤去。朝街的大门终日敞开。大门与院子之间的通道叫作“萨朱安”，有一道雕刻精致的铁栅栏，整天都关着。——作者原注

克鼓往上蹦的时候，我还能看见她的脑袋。我还听见有几个军官跟她在讲一些不堪入耳的淫词秽语。她如何回答，我就不得而知了。从那一天起，我便迷上了她，因为我有那么三四次，真想冲进院子里去，拔出军刀朝那几个调戏她的轻薄小子捅上几下。我受煎熬足有好几个时辰。最后，那一班吉卜赛人终于办完差事出来了，仍由马车把他们送走。卡尔曼从我面前走过时，用您知道的她那双大眼睛瞅了瞅我，悄声对我说："老乡，你想吃美味的炸鱼，就到特里亚那去找里拉斯·帕斯提亚。"

说完，她便轻捷得像一只小山羊，钻进了车子。车夫向马抽上一鞭，就把这班嘻嘻哈哈的艺人不知送回哪里去了。

您一定能猜出，我一下班就到特里亚那去了。去之前，我刮了胡子，刷了衣服，就像去接受检阅。卡尔曼果然在里拉斯·帕斯提亚那人的家里。他是一个卖炸鱼的老头儿，也是波希米亚人，皮肤像摩尔人一样漆黑，上他那儿吃炸鱼的人很多，我想，特别是卡尔曼在他店里落脚之后人就更多了。

她一见我，就向老板告辞：

"里拉斯，今天我什么也不干了，明天的事明天再说①。老乡，咱俩出去溜达溜达吧。"

---

① 此为西班牙谚语。——作者原注

她用面纱遮住自己的脸，我俩就到了街上，漫无目的地闲逛。

“小姐，”我对她说，“我该谢谢你送进监狱的那件礼物。面包我已经吃掉了，锉刀我可以用来磨磨枪头，还可以留作纪念，可是那钱，我得还给你。”

“瞧！你竟把钱留着没花掉，”她一边说着一边大笑，“不过也好，我正缺钱，管他是谁的钱，能跑得动的狗就不会饿死①。来，咱们把这点儿钱全都吃光，你好好请我吃一顿。”

我们掉转头又返回塞维利亚城。在蛇街的街口，她买了一堆橘子，叫我用手巾包着。再往前走，她又买了面包、香肠和一瓶曼萨尼拉酒。最后，我们走进一家糖果铺，她把我还给她的那枚金币加上她口袋里的另一枚金币以及若干零钱，全都往那柜台上一扔。这还不够，她又要我把身上的钱统统拿出来，我倾囊而出，不过是一枚银币和几个小钱而已。囊中如此羞涩，我颇感无地自容。我觉得她有将整个铺子都要买走之势。她专挑美味可口的、价格较贵的，比如蛋黄酱、杏仁糖、蜜饯果脯等，直到把我们的钱全都花光。这些东西统统装进了一个纸袋，归我提着。您也许还记得油灯街吧，那儿有一座唐·佩德罗国王的雕

① 此为波希米亚谚语。——作者原注

像，此国王有“无私执法者”之称①，他的头像颇值得我反思。卡尔曼与我在这条街的一所房子前停下，她走进过道，敲了敲底层的门，出来开门的是一个波希米亚女人，一看就是地地道道的撒旦女仆。卡尔曼用波希米亚语跟她说了几句话。那老婆子咕咕噜噜。卡尔曼为了安抚她，给了她几个橘子和一把糖果，还让她尝了几口酒，然后，把自己的斗篷披在她身上，把她送出门，用木栓将门插上。当房间里只剩我们两人的时候，她又是跳，又是笑，像疯了似的，还这么

① 唐·佩德罗国王，人称“残暴之君”，而其信奉天主教的王后伊莎贝尔则被称之为“严正执法者”。他喜夜间微服出游，出没于塞维利亚城的大街小巷。某夜，他来到一僻静街道，与一名正在献媚求爱的男子发生争执，两人恶斗起来，国王一剑将那多情的对手送上西天。一老妇闻声探首窗外，借手中一小提灯之光，得见现场情景，油灯街之名即由此而来。须知佩德罗国王虽身手矫捷，勇猛不凡，但体形特别，行走时，髌骨咯咯作响，清晰可闻。老妇得听其声，记忆犹新，故易于识别。次日，昼夜值勤的官员来奏：“陛下，昨夜有人于某街决斗，一人丧命。”“你知道何人为凶手吗?”“臣知。”“何不从速惩处?”“臣恭候陛下降旨。”“依法不怠。”佩德罗国王前不久曾颁一法令，凡决斗者必斩首于决斗现场示众。国王此言既出，值勤官灵机一动，顿开茅塞，即下令将国王一塑像的首级取下，置于命案街道中央一龛盒之中。对此，佩德罗国王及塞维利亚全体臣民莫不欣然称善。老妇为唯一的目击证人，当时所持的油灯乃成为该街道命名之由来。此乃民间传说，与祖尼加的记叙略有出入（见《塞维利亚编年史》第二卷第 136 页）。不论真实性如何，至今塞维利亚城里仍有一名为“油灯”的街道，街道中央仍有一石雕胸像，据说，此为佩德罗国王。此雕像为近世仿造，盖原来之石塑于十七世纪已严重破旧，当时之市政当局曾加以重建，以今日所见的胸像取而代之。——作者原注

唱道：

“你是我的罗姆，我是你的罗米。”①

我站在房间中央，手里捧着一大堆食品，不知往哪儿放为好。她把这些东西都扔在地上，扑上来搂住我的脖子，说：“我要把欠你的债还清！把欠你的债还清！这是加莱的规矩！”②

啊，先生，那一天呀，真销魂，那一天！……我现在只要回想起那一天，就会把明天抛到脑后！

那强盗沉默了一会儿，接着又点起一支雪茄，继续往下说。

我俩在一起泡了整整一天，又是吃，又是喝，其他更不在话下。她像一个六七岁的小孩儿，吃饱了糖果之后，又抓了几把糖放进老妇人的水罐里，说：“给她做点儿果汁饮料。”她还抓了蛋黄酱往墙上扔得一塌糊涂，“免得苍蝇来干扰我们。”总而言之，刁钻古怪、调皮捣蛋的名堂她都玩尽了。我对她说我想看她跳舞，但到哪儿去找伴奏的响板呢？她立即拿起老妇人那仅有的一个盘子，将它砸了，于是就敲打着碎片，跳起

① 在波希米亚语中，“罗姆”意即丈夫，“罗米”为妻子。——作者原注

② 波希米亚人自称“加莱”，男人叫“加罗”，女人叫“加莉”，两性复数为“加莱”。——作者原注

了罗马利斯舞。那碎片的声音清脆响亮，与乌木或象牙制的响板同样动听。我可以向您保证，跟这么一个俏妞儿待在一起，是不会感到腻烦的。到了傍晚，我听见从营里传来召集归队的鼓声。

“我该回营报到了。”我对她说。

“回营去？”她带着轻蔑的神情对我说，“难道你是个黑奴，非得跟着别人的指挥棒转？从衣着到骨子里，你就是一只彻头彻尾的金丝鸟①。去你的吧，胆小如鼠的家伙！”

我当晚便留宿在她那里，做了第二天回营蹲禁闭的思想准备。次日早晨，她首先就向我提出分手的问题。她对我说：

“你听着，我可还清了欠你的情，按照我们的规矩，我再也不欠你什么了，因为我俩不是一路人。但你长得很帅，招我喜欢。现在你我两清了，再见啦。”

我问她何时能再见到她。

她笑着回答说：“等到你不这么傻的时候。”然后又用略为正经的口吻说，“小乖乖，你知道吗，我觉得自己有点儿爱上你了？不过，这长不了。狗跟狼在一起，是过不了几天的。如果你肯入我们的国籍，我也许会愿意做你的罗米。但这些全是废话，根本不可能兑现。唔，小伙子，相信我说的，你走了桃花

① 因西班牙龙骑兵的军装为黄色，故作此比喻。——作者原注

运，你碰上了妖精，是的，就是妖精。但妖精并非都是一身黑，这妖精也没有弄断你的脖子。我身上披着羊皮，可我不是绵羊①。去给你的马哈里②上一支烛吧，她应该等到你的供奉。得了，再说一声，再见。别再痴想卡尔曼姑娘了，否则她会害得你娶上一个木腿寡妇③为妻的。”

说着，她拔下门栓，一到街上，就把头巾往身上一裹，转身便扬长而去。

她说得不错，我应该放聪明一点儿，对她断了念想；但是，自从在油灯街过了那一天后，我日思夜想，心里只有她。我整天整天地东游西荡，希望能碰见她。我不止一次向那个老妇人与卖炸鱼的打听，他们都说她上红土国去了，他们把葡萄牙叫作红土国。也许，是卡尔曼嘱咐他们这么说的。但不久我就发现他们在撒谎。油灯街那天的几个星期之后，一天，我正在一个城门口站岗，离城门不远处，城墙有一个缺口，白天那里有人在干活儿，夜里有士兵放哨以提防走私。那天，我看见炸鱼贩子里拉斯·帕斯提亚在岗哨附近来回溜达，还跟我的几个弟兄搭讪，他跟大家混熟了，他的炸鱼与炸面团就混得更熟。他走近我身

① 此为波希米亚谚语。——作者原注
② 波希米亚语，意为：女圣人、圣母。——作者原注
③ 即绞刑架。——作者原注

旁，问我是否有卡尔曼的消息。

“没有。”我回答说。

“好啦！老弟，你很快就会有了。”

他说得可准啦。夜里，我被派往城墙缺口处站岗。班长下班一走，我便见一个女人向我走来。我心里知道这一定是卡尔曼，但仍然大喝一声：

“走开，这儿不准通行！”

“别这么横吧。”她一边显身露相，一边对我说。

“怎么！卡尔曼，原来是你！”

“是的，老乡，废话少说，先谈正事。你想不想挣一块银币？待一会儿有人要带一批货从这里过，你就放行好啦。”

“不行，我不能放。这是上级的命令。”

“命令，命令，那天在油灯街，你怎么不想有什么命令？”

“哎哟，”我一听她重提旧情，便激动得迷糊起来了。“为了那事忘了命令很值得，为了得到走私贩子的钱那可就不值得了，我不愿意。”

“得了！你不愿意收钱，你可愿意到上次那个老婆子家里来再吃一顿饭？”

“不，我不干。”我拼命憋着股劲儿，几乎把自己弄得透不过气来。

“好呀，你既然这么刁难，我知道该去跟谁打交道了。我会约请你的长官上老婆子家。他待人和气，我要他调换一个睁一只眼闭一只眼的小伙子来这里站岗。再见啦，金丝鸟，有朝一日你上了绞刑架，我才乐呢。”

我心一软，叫她回来，说只要能得到我所想要的报答，即便是给整个波希米亚民族放行，我也愿意。她发誓第二天就兑现承诺，立即就跑去通知她那一帮等在近处的同伙。卡尔曼替他们望风，只要有巡夜的走近，就击响板为号，其实，根本就无此必要。那伙走私犯一共五个人，其中包括炸鱼贩子帕斯提亚，人人身上都背着英国走私货，一眨眼的工夫，他们就把事情办完了，无须卡尔曼望风。

第二天，我如约去了油灯街。卡尔曼让我等了好一阵子才来，而且满脸不高兴。

“我可不喜欢要我磕头作揖的人，”她对我说，“你第一次帮了我一个大忙，但你当时并不知道会有报酬。昨天，你却跟我讨价还价了。我不知道自己今天怎么还会到这里来，因为我已经不喜欢你了。得了，给你一块银币当作报酬，你走人吧！”

我几乎把银币扔在她脸上，我拼命克制自己，才没有动手狠揍她一顿。我俩大吵了个把钟头，我气急败坏，愤然离去，在城里乱逛了一阵，东闯西突，就像疯了一样，最后，跑进了教堂，跪在幽暗的一角，泪如泉涌，大哭起来。这时，我忽然听见有人在对我说话：

“龙①掉眼泪了！我正好取来制作媚药哩！”

我抬头一看，卡尔曼正站在我跟前。

“喂，老乡，还在恨我吗?”她对我说，“不论怎么样，我倒真是爱上了你，刚才你一走，我就六神无主了。你瞧，现在是我来问你愿不愿意上油灯街去。”

于是，我俩就这么和解了。但是，卡尔曼的脾气反复无常，像我们家乡的天气，一会儿阳光灿烂，一会儿山雨欲来。她答应我再上老婆子家幽会一次，但临时爽约未到。老婆子明确告诉我，她是为了埃及②的事到红土国去了。

凭经验，我明白这话是什么意思，于是便到处去找卡尔曼，凡是她可能去的地方我都去了，尤其是油灯街，一天要去好多趟。我不时请老婆子喝几杯茴香酒，把她弄得服服帖帖。一天晚上，我正在老婆子家，不料卡尔曼进来了，带来一个年轻的男人，他是我们团里的一个中尉。

“你快走吧。”她用巴斯克语对我说。

我呆立在那儿发愣，满脸都是怒火。

“你在这儿干什么?”中尉对我说，“你快滚，从

① “Dragon”一词，兼有“龙”与“龙骑兵”之意，而何塞正是一个龙骑兵，故用此双关语。

② 指波希米亚。

这儿滚出去！”

我寸步难移，仿佛瘫痪了一样。那个军官见我不走，甚至没有脱帽敬礼，勃然大怒，便揪住我的衣领，狠狠摇晃我。我不知道说了什么冒犯了他，他竟拔出剑来，我不示弱，也持剑相抗。老婆子拽了我胳臂一下，军官便一剑刺中了我的脑门，落下的伤痕至今犹在。我往后一退，胳臂一甩，将老婆子摔了个仰面朝天。中尉追了上来，我用剑对准他的身体刺过去，戳了个通透。卡尔曼赶紧灭了灯，用波希米亚话叫老婆子快溜。我也逃到街上，不辨方向，拔腿就跑，只是觉得背后老有人跟着。等我定了定神，才发现卡尔曼始终没有离开我。

“金丝鸟大傻瓜！”她对我说，“你只会闯祸，我早就警告过你，你会害得自己倒大霉的。不过，你满可以放心，跟一个罗马的佛兰德女人①交上了朋友，你凡事都可逢凶化吉。你先用这块儿手巾把头包起来，再把你的皮带扔掉，就在这条巷子里等着，我一会儿就回来。”

她说完就不见了，很快不知从哪里弄来了一件带条格的斗篷，她要我脱下制服，把斗篷套在衬衣上。

① 此语即指波希米亚女人。“罗马”一词，在这里并非指意大利那长存不朽的名城，而是指波希米亚民族，盖因该族已婚男女皆自称为“罗马”。最早居住于西班牙的波希米亚人很可能来自荷兰，故亦称佛兰德人。——作者原注

这么一打扮，再加上头上那条扎伤口的手巾，我就活像一个到塞维利亚来贩卖楚法糖浆①的华朗西亚乡巴佬儿。她带我走进小巷深处的一所房子，其外观跟老婆子住的那所很相像。她和另一个波希米亚女人替我清洗了伤口，进行了包扎，医术比军营里的大夫还高明，她又给我喝了一种不知是什么的东西，把我安置在一条褥子上，我便沉沉睡去。

她们在我喝的饮料里大概放了秘制的麻醉药，因为我第二天很晚才醒。醒后头痛得很厉害，还有点儿发烧，好不容易才回想起前一天闯下的大祸。卡尔曼和她的女友替我换了绷带，一同盘着腿坐在我的褥子旁，用土话交谈了几句，好像是谈我的病情。然后两人都安慰我说，伤口不久就会痊愈，但我必须离开塞维利亚，越早越好，因为万一我被捕，就会被就地枪毙。

"小伙子，"卡尔曼对我说，"你得找一个行当来干，国王不再供给你米饭和鲟鱼②了，你必须考虑自谋生路。你太不机灵，干盗窃是不行的。但你身手敏捷，力气大，如果有胆量的话，可以到海边去走私。我不是说过要害得你上绞刑架吗？那总比吃枪子儿好一些。况且，如果你混得好，只要不被民团和海岸警卫队抓住，你就可以过得像王爷一样美滋滋。"

---

① 楚法是一种鳞茎植物的根须，能制成甘甜可口的饮料。——作者原注
② 米饭和鲟鱼是当时西班牙士兵常吃的伙食。——作者原注

这个女妖精就是用这种教唆强迫的方式给我指点了出路。既然已犯下了死罪，我确实只有此路可走了。先生，我还用得着跟您明说吗？她没费多大劲就把我说服了。我预感这种冒险与叛逆的生涯，会使得我跟她的关系更紧密，还认为从此以后我就能拴住她的心。我常听说，有些走私好汉身骑骏马，手握短铳，背后坐着情妇，驰骋于安达卢西亚，我仿佛也看到自己马上带着这位艳丽的波希米亚女人，策马扬鞭，翻山越岭。每当我向她描绘这一愿景时，她就捧腹大笑，告诉我说，其实最美的生活，就是天黑之后，用三个桶箍搭建起一个支架，上面盖上一块遮布，每个罗姆带着自己的罗米往里面一钻，共度良宵。

"如果把你带到山里去，"我对她说，"我对你就放心啦，在那里，就不会有军官来跟我分享。"

"哧，你还好吃醋呢！真是活该！你怎么这样傻呀？你难道没有看出来我是爱你的吗？我从来没有向你要过钱呀！"

每当她对我这么说时，我简直就想把她掐死。

先生，闲话少说，言归正传。卡尔曼给我弄来一身便装，我穿上便溜出了塞维利亚城，神不知鬼不觉。我带着帕斯提亚的一封介绍信，去到杰莱兹找一个卖茴香酒的商人，此人的家就是走私贩子碰头联络的地点。我和那一帮人见了面，其首领名叫唐加伊尔，他让我入了伙。我们这一帮人就动身去哥山①，跟早先约好的卡尔曼会合。每次我们出动干活儿，她总是先行去探路摸底，在这方面，她干得最为出色。这次从直布罗陀回来，已经跟一个船长讲好，只等我们在海边收下一批从英国来的走私货，就装船运走。我们都到埃斯特普纳②附近去等，货到之后，一部分藏在山里，一部分带往龙达。还是由卡尔曼打前站，通知我们什么时候进城。这一趟买卖以及后来的几趟都很顺利。由此，我觉得当走私贩的生活比当兵的要滋润得多。我常买礼物送给卡尔曼。我有了钱，也有了情妇。我心里毫不悔恨愧疚，正如波希米亚人所说，日子过得舒心，身上长了癣也不痒。我们每到一处都受到盛情款待，同伙的弟兄们对我很好，甚至还怀有敬意。因为我杀过一个人，而他们都没有这等业绩，尽管它使人在良心上难以释怀。但我在自己的新生活中，最为得意的则是经常能见到卡尔曼。她对我的情意从来没有这么炽热过，可是，在同伙弟兄们面前，她却不承认是我的女人，还要我指天发誓不跟他们谈论关于她的事。只要一到这女人面前，我就六神无主，俯首帖耳，任其随意摆布。况且，她第一次在我面前表示出她有良家妇女的羞涩之情，我便天真地

① 直布罗陀与龙达之间的小城。

② 哥山以东三十公里的港口。

以为，她已洗心革面，一改过去的浪荡行为。

我们这一帮人共有十来条好汉，只在关键时刻才聚集碰头，而平时则三三两两一组，分散在城里或村里。我们每个人表面上都有正式职业，这个是制锅匠，那个是马贩子，而我则是卖针线杂物的，但因为在塞维利亚犯有血案，所以绝不轻易在大地方露面。一天，确切地说，是在一天夜里，我们约在维日山下集合。唐加伊尔与我先到，他显得兴高采烈。

“我们又要新添一个弟兄啦，”他这样对我说，“卡尔曼前不久使出了她的一个绝招，让她的罗姆从塔里法①监狱里成功逃出。”因为整天听弟兄们说波希米亚话，我已经能多少听懂一点儿，“罗姆”这个词当时就使得我心里一震。

“什么！她的丈夫！难道她结过婚？”我向我们这一伙的头头发问。

“是的。”头头答道，“她嫁给了独眼龙加西亚，一个跟她同样机灵诡怪的波希米亚人。那个倒霉的家伙被判了苦役，卡尔曼给监狱的外科医生灌了迷魂汤，竟然使得她的罗姆获得了自由。啊，这小妞儿真有本事，她曾经花了两年的工夫想救独眼龙出来，一直没有成功。最近狱医换了人，她显然很快就得手了。”

您可以想象我听到这个消息后心里是什么滋味。

---

① 塔里法是直布罗陀海峡边的城市，其古代碉堡是有名的监狱。

不久，我就见到了独眼龙加西亚，那真是波希米人生养出来的坏种之中的坏种，皮肤黝黑，良心更黑，我一辈子从未见过他这样心狠手辣的流氓。卡尔曼是陪着他来的，一边当着我的面叫他罗姆，一边趁他掉过头时朝我眨眼睛，做怪脸。我很恼火，整晚没有跟她讲话。第二天早晨，大伙儿把走私货捆绑停当，正要上路时，突然发现有十几个骑兵追踪而来。那几个安达卢西亚的伙计，平日老自吹自擂，说自己杀人不眨眼，这时却哭丧着脸四散逃命。只有唐加伊尔、加西亚和另一个名叫雷曼达多的漂亮小伙子以及卡尔曼遇险不慌，其他人无不丢下骡子，跳进骑兵追不到的小山沟里逃命。我们既然保不住骡队，就赶紧把细软财物卸下来，往肩上一扛，顺着最陡峻的山坡快速逃跑，先把包裹扔下去，再蹲着身子往下滑。这时，追兵向我们射击了一阵子。我是生平第一次听见子弹在耳边嗖嗖地飞过，但并不在乎。不过，我这般视死如归是不足为奇的，因为有个美人就在眼前。结果，我们都成功逃脱，只有倒霉的雷曼达多腰上中了一枪。我把包裹扔掉，想去搀扶他。

“傻瓜，”加西亚朝我大声嚷道，“咱们背一具死尸干什么？把他结果掉算了，别把货丢掉啦。”

“把他扔下！把他扔下！”卡尔曼也冲我大叫。

我累得要死，只好把雷曼达多放在岩下歇一口气。加西亚走过来，用短铳对准雷曼达多的脑袋连发了一梭子子弹。

“现在看谁还能把他认出来。”他看着那张被十二发子弹打得稀烂的脸这么说。

您瞧，先生，这便是我所过的美好生活。晚上，我们逃到一个荆棘丛生的小林子里歇息，精疲力尽，没吃没喝，骡子全都丢了，血本无归。您猜那个像魔鬼一样凶残的加西亚怎么着？他从口袋里掏出一副纸牌，借着一堆篝火的微光，与唐加伊尔赌起钱来。这时，我躺在地上，仰望星空，思念着雷曼达多，心想，倒不如像他那样也干脆。卡尔曼则盘着腿坐在离我不远的地方，不时敲起响板，哼哼唱唱。稍后，又走过来，像是要凑到我耳边说悄悄话似的，不由分说地亲了我两三下。

“你是个魔鬼。”我对她说。

“是的。”她答道。

休息了几个钟头之后，她先行动身到高辛去了。第二天早晨，一个放羊娃给我们送了些面包来。我们在原地待了一整天，夜里偷偷向高辛前进，等着卡尔曼探路的情报。但她杳无音讯。天亮时，一个骡夫赶着两匹骡子，上面坐着一个女人，衣着体面，撑着一把遮阳伞，随行的是一个像女仆的小姑娘。加西亚对我们说：

“圣尼古拉给咱们送来两匹骡子和两个女人，我倒宁可只要骡子，不要女人，不过我照单收下就是。”

他拿起短铳，借灌木丛作掩护，沿着一条小路逼近。我与唐加伊尔紧跟在他后面。等我们一靠近那一行人，便一齐跳了出来，喝令骡夫停步。我们的装扮本来是够吓人的，但那女人看见我们不仅不害怕，反而哈哈大笑起来。

“嘿，你们这些笨蛋，把老娘当贵妇人啦！”

定睛一看，原来是卡尔曼。她化装化得实在太好了，如果用另外一种语言来讲话，我简直就会认不出她。她跳下骡子，跟唐加伊尔与加西亚低声讲了几句话，然后对我说：

“金丝鸟，在你没有上绞刑架以前，咱们还会见面的。我现在要去直布罗陀去办埃及的事，很快就会有消息通知你们。”

她告诉我们在哪个地方可以暂躲几天之后，就离去了。这小妞儿真是我们的救星，使大伙儿得以脱离了困境。此后不久，我们便收到她派人送来的一笔钱，还有一个更有价值的消息：某一天，将有两个英国爵爷从直布罗陀到格林纳达去，会从某一条道路经过。俗话说得好，消息灵通，生意火红。那两个英国人有的是亮晃晃的金币。加西亚要杀掉他们，我与唐加伊尔都反对。最后，我们只拿了他们的钱财与手表，还剥掉他们的衬衣，这才是我们所急需的。

先生，一个人变坏是不知不觉的。一个漂亮的女人害得你神魂颠倒，你为她决斗，闯了大祸，不得不上山落草，根本没来得及考虑就从走私贩变成了强盗。我们犯下英国爵爷这一桩案子后，自知在直布罗陀一带不宜久留，便躲进龙达山中。先生，您不是跟我说起过何塞·马利亚吗？巧得很，我就是在龙达山认识了他。他每次出行都带着自己的情妇。那个姑娘美丽、温顺、谦和、举止文雅，从不说粗话，对他忠心耿耿！……相反，何塞·马利亚却使她受尽了折磨。他见一个女人就追一个，还经常虐待这个姑娘，有时则醋劲大发。一次，他扎了这姑娘一刀，这倒好，她反而更爱他了。女人天生就是如此。那姑娘对自己胳臂上的刀痕感到自豪，把它当作世界上最美的东西展示给大家看。除此之外，何塞·马利亚还是个最不讲义气的家伙！……在一次大家合伙干的买卖中，他耍了个手段，使收益全归他自己，而损失与麻烦则由我们其他人承担。好啦，我不扯远了，还是言归正传吧。从卡尔曼走后，我们再也没有得到她的消息，唐加伊尔出主意说：

"咱们必须有一个人去直布罗陀走一趟，打听打听消息，她一定是策划好什么买卖了。我倒想去，可是直布罗陀认识我的人太多。"

"我也是，"独眼龙说，"那里的人也都认得出我，那些龙虾们①我可没有少涮，再说，我只有一只

---

① 英国士兵的制服为红色，故西班牙老百姓将其戏称为龙虾。——作者原注

眼，也不容易化装。”

“这么说，该我去啰？”轮到我说，一想到能见到卡尔曼，我就不禁心花怒放，“说吧，咱们该怎么进行？”

他们对我说：

“乘船去或者走陆路经过圣洛克去，随你的便。到了直布罗陀，去码头上打听一个名叫罗约娜的巧克力小贩住在哪里，找到她后，你就能知道那边的情况了。”

于是，大伙儿商定先一道去高辛山里，然后，我把他们撇下，自己装扮成一个水果贩子独自去直布罗陀。在龙达，我们的一个内应替我弄了一个护照。在高辛，又有人给我弄来一头驴，我装满了橘子和甜瓜就上路了。到了直布罗陀，我发现许多人都认识罗约娜，不过，她已经死了，要不就是去了“天涯海角”①。她的失踪，据我看，便是我们与卡尔曼失去了联系的原因。我把驴子寄放在一个牲口棚里，自己背着橘子上街假装叫卖，其实是想试试能否碰见熟人。直布罗陀是世界各国的流氓、盗匪聚集之地，简直就是一座巴别塔②，在街上走上十步就能听见十种

① 监狱或下落不明。——作者原注

② 典出《旧约·创世记》，诺亚之后人拟建一高塔以通天，上帝不满，让建塔者讲各种不同的语言，使他们相互之间不能沟通，无法完成这一工程。

语言。我看见不少埃及人，但不敢贸然相信。我试探他们，他们也试探我。双方都猜出彼此是一路货色，重要的是要搞清楚是否同属一个帮派。我就这么白跑了两天，有关罗约娜与卡尔曼的消息一点儿也没有打听到。于是，我采购了一些东西，打算回到两个同伙那里去，没想到，傍晚我在街上溜达时，忽然听见有个女人在窗口叫我：

“卖橘子的！……”

我抬头一看，见卡尔曼支肘靠在一个阳台上，旁边站着一个穿红色制服的军官。他佩戴金色肩章，一头鬈发，像个大贵人。卡尔曼也穿得很华贵，大披肩，金梳子，浑身绫罗绸缎；那婆娘一如既往，轻狂依旧，正在那里笑得前仰后合。那个英国人憋出了两句西班牙语，叫我上去，说太太要买橘子，而卡尔曼则用巴斯克语对我说：

“上来吧，别大惊小怪！”

说实话，她花样太多，我已经见怪不怪。与她异地重逢，我说不上心里是喜是忧。把门的是一个英国仆人，高高大大，脸上扑了粉，他将我领进一个豪华的客厅。卡尔曼立刻用巴斯克语命令我：

“你装作一句西班牙语也不懂，跟我也不认识。”

然后她转身对那英国人说：

“我不是告诉您，我一眼就看出他是巴斯克人，您听听他说的话多古怪。他长得呆头呆脑的，是不是？好像一只在食物柜里偷东西吃的猫，被人当场抓住了。”

“哼，你呀，”我用巴斯克语顶撞她，“你的样子就像一个无耻的小淫妇，我真想当着你姘夫的面，用刀在你脸上划几道。”

“我的姘夫！”她反驳我说，“你真聪明，亏你想得出来！你是在跟这个傻瓜吃醋吗？自从咱俩在油灯街过了几夜以后，你就变得越来越蠢了。你这笨蛋，难道没有看出我正在做埃及买卖，而且手段更加高明了吗？这栋房子是我的，这只龙虾的金币也将归我所有。我正在牵着他的鼻子走，我要把他带到有去无回的境地。”

“我嘛，”我对她说，“如果你还用这种手段做埃及买卖，我会叫你永远再也干不了这一行。”

“哎哟！你是我的罗姆吗？敢这么来命令我！独眼龙觉得我这种办法很好，我这么干与你无关，你已经成了我的独家明哥罗①，难道你还不满足吗？”

英国人问道：“他在说些什么？”

卡尔曼答道：“说他口渴得很，想喝一杯水。”

说罢，她倒在长条沙发上，因自己的翻译而大笑不止。

先生，当这个女人笑起来时，谁都会神魂颠倒，

---

① 明哥罗为波希米亚文，意为：我的情人，我的心肝宝贝。

都会跟着她笑。这时，那个大个子英国人也笑了，笑得像个傻子，他叫人拿酒给我。

我喝酒时，卡尔曼对我说：

“你看见他手上的那枚戒指了吗？如果你想要，将来我把它给你。”

我回答说：

“我宁愿自己砍断一根手指，只要能把你的这位贵人弄到山里去，每个人手里拿一根玛基拉①比试比试。”

“玛基拉是什么意思？”傻乎乎的英国人问。

“玛基拉嘛，”卡尔曼大笑不止地说，“就是橘子呀，这小子说要让您吃吃橘子。”

“是吗？”英国佬说，“那好，明天再带些玛基拉来吧！”

我们正这么说着，仆人进来说晚饭已经准备好了。英国佬站起来，赏给我一枚银币，伸出胳臂让卡尔曼挽着，似乎他自己不会走路。卡尔曼还在咯咯发笑，对我说：

“小伙子，我不能请你吃饭啦，可明天，你一听见阅兵的鼓声敲响，就带着橘子上我这里来。你会见到一个卧房，陈设要比油灯街的那一间好得多，而且你还会明白我还是不是你的小心肝。然后，咱们再谈

---

① 巴斯克人使用的一种铁棍。——作者原注

埃及买卖。”

我没有搭腔，走到街上时，那英国佬还朝着我喊道：“明天带点儿玛基拉来！”接着，我又听见卡尔曼的大笑声。

我走出那栋房子，不知做什么才好。夜里，我睡不着，第二天早晨，我对这坏婆娘恨得咬牙切齿，真不想去找她，准备径直回直布罗陀去。但是，听见第一遍阅兵鼓敲响，我的意志就彻底瓦解了，立即背着橘子篓直奔卡尔曼的住所。她的百叶窗半开着，她正睁着大黑眼睛在东张西望。脸上扑了粉的仆人把我领进去。卡尔曼打发他上街办事。一等房间里只有我们俩，她就像鳄鱼般张开嘴大笑起来，一把搂住我的脖子。我从未见过她这么漂亮，装扮得像仙女，芳香扑鼻……家具配有绸缎的面料，窗口挂着绣花的帷帘……唉！而我却像一个盗贼。

卡尔曼对我说：“我的心肝儿，我真想把这房子砸个稀巴烂，放一把火烧掉它，然后逃到山里去。”

接着，我俩巫山云雨，百般温存，欢笑不止！而后，她又是跳舞，又是把衣服上的饰物扯下，还翻筋斗，做鬼脸，淘气胡闹，花样层出不穷，比猴子还顽皮。恢复了正经严肃的状态后，她对我说：

“你听着，我得跟你讲清楚这一单埃及买卖。我要他陪我上龙达，那里有我一个做修女的姐姐……”说到这里，她又扑哧笑出声来，“我和他要经过什么地点，我会提前派人通知你。到时候，你们一拥而上，把他抢得精光，最好将他宰了。”说完，她脸上露出狞笑，这种笑谁见了都不会陪她去笑的，“你知道该怎么办吗？你让独眼龙先上，你们几个靠后一点儿，这只英国龙虾勇猛矫健，还有几把好枪，你们几个往后靠一点儿，让独眼龙先上……你明白吗？”

她没有把话讲完，就哈哈大笑起来，这使得我不禁毛骨悚然。

“不，”我对她说，“我恨独眼龙，不过他终归是我的同伙。也许，将来有朝一日，我会替你把他除掉，但我与他之间的过节得用我们家乡的规矩了断。我卷进埃及买卖是偶然的，在很多事情上我仍然是一个地道的纳瓦拉汉子。”

卡尔曼说：“你真是个蠢货，是个傻瓜，是地地道道的乡巴佬儿。你就像个侏儒，以为自己能把痰吐得远一点儿就是高个子①了。你并不爱我，你走吧！”

当她下了逐客令时，我却寸步难移。我答应很快就动身，回到我那几个同伙身边，等那个英国佬上钩。而她，则答应在英国佬这里装病，一直到我离开直布罗陀动身去龙达为止。

我在直布罗陀又住了两天。卡尔曼曾大着胆子，化了装到小客栈来见我。我终于离开了直布罗陀，心

① 波希米亚谚语。——作者原注

里也打定了自己的主意。我得到了英国佬与卡尔曼将在什么时间途经什么地点的确切消息后，便返回约定的地方跟唐加伊尔和独眼龙会合。我们在一个树林里过夜，用松子烧起一堆旺火。我向独眼龙提议打牌赌钱。他同意了。玩到第二局，我说他作弊，他就嘻嘻哈哈的。我把牌扔在他脸上。他想掏枪动武，被我一脚踩住。我对他说："听说你的刀法和马拉加①最棒的小伙子一样厉害，想跟我比试比试吗？"唐加伊尔赶紧劝架。我揍了独眼龙几拳，他一怒之下壮起了胆，便拔出了刀。我也操刀在手。两人都叫唐加伊尔站到一边去，让我们公平交手，分个胜负。他眼见无法制止一场恶斗，只好闪开。独眼龙弓着身子，作出猫扑老鼠的姿势，右手持刀前挺，左手用帽子当作盾牌，这是他们安达卢西亚人常用的一招。我则使出纳瓦拉的架势，笔直地挺立在他的面前，左手上举，左腿向前，快刀则紧贴右腿，自己觉得威猛胜过巨人。独眼龙像箭一般扑过来，我把左腿一转，他扑了个空，而我的快刀已直插他的咽喉，刺得那么深，以致我的手竟触及他的下巴。我把刀猛地一转，用力过大，刀刃戛然而断。决斗告终，胜负已定。一股像手臂一样粗的血流，把断刃从伤口里冲了出来。独眼龙像一根柱子似的扑倒在地。

---

① 安达卢西亚的港口城市，濒临地中海。

“你干的什么好事?!”唐加伊尔对我说。

“你听着,”我回答说,“我跟他势不两立。我爱卡尔曼,不愿意她有另外的男人。再说,独眼龙是条恶棍,他用什么手段打死可怜的雷曼达多,我至今还记得。现在只剩咱们两人了,但咱们都是好汉。你愿不愿意跟我结为生死之交?”

唐加伊尔向我伸出了手。他比我年长,有五十岁了。

“男欢女爱,去他妈的!”他大声嚷道,“如果你要他把卡尔曼让给你,本来只需向他付一个银币就行啦。现在只剩下咱们两个人,明天咱们怎么办?”

“让我一个人来扛,”我答道,“现在我是天不怕地不怕。”

我们埋了独眼龙,转移到二百步开外的地点露宿。第二天,卡尔曼跟她那个英国佬带着两个骡夫与一个仆人过来了。我对唐加伊尔说:

“我对付那个英国佬,你去吓唬其他人,他们都没有武器。”

那英国佬颇为厉害,要不是卡尔曼推了他的胳臂一下,他肯定会把我打死。总而言之,那一天,我又把卡尔曼夺回来了。我劈头第一句话,就是告诉她她已经成了寡妇。当她弄清楚事情的经过后,对我说:

“你永远是个傻瓜!独眼龙本可以把你杀死,你那种纳瓦拉的防守招式,只不过是花架子,比你强的人死在他手下的多着呢。这一回是他的死期到了。你的死期也快来了。”

我立即回了她一句：“如果你不规规矩矩做我的老婆，你的死期也就到了。”

她答道：“好呀，我已经不止一次从咖啡渣里观测出，咱俩注定会同归于尽的，听天由命吧。”

说完，她便敲起响板。每当她想驱走某个烦人的念头时，总是这么做。

一个人谈自己时，往往忘乎所以。这些鸡毛蒜皮的细节您一定是听烦了，不过，我很快就可以讲完了。我们那种非法生涯持续了相当长的时间。唐加伊尔与我又找了几个比原来的同伙更可靠的弟兄，专门从事走私，不瞒您说，有时也在大道上抢劫，但只是在山穷水尽、被迫无奈的时候。而且，我们只抢钱财，不伤性命。有那么几个月，我对卡尔曼很是满意。她继续为我们一伙当耳目，对我们的买卖很有用处。她有时在马拉加，有时在哥尔多，有时又在格林纳达。但只要我捎个信儿去，她就丢下一切，到某个偏僻的小客栈，甚至到帐篷来跟我相会。只是有一次，她在马拉加，使得我很不放心。我得知她勾搭上了一个富商，可能想故技重演，玩她那次在直布罗陀的把戏。我不顾唐加伊尔苦口婆心的劝阻，径直在一个大白天闯进马拉加。我找到卡尔曼后，立即就把她带走了。我俩为此大吵了一架。

“你知道吗？”她对我说，“自从你成为我真正的罗姆以后，我就不如你当情郎的时候那么爱你了。我厌烦别人的干预，我更不能忍受别人的发号施令。我要的是自由自在，爱干什么就干什么。小心别把我逼急了。如果你使我烦了，我会去找一个棒小伙儿，用你对付独眼龙的法子来对付你。”

唐加伊尔把我俩劝和了。但两人彼此伤害对方的一些话使我们都耿耿于怀，情爱大不如前了。不久，又发生了一件倒霉的事。我们碰上军警，唐加伊尔和两位弟兄丢了性命，另外两个被抓去，我则受了重伤，要不是我的坐骑跑得快，也一定会落在军警的手里。我精疲力尽，有颗子弹还留在体内，跟唯一尚存的一个弟兄躲进了一片树林。一下马，我便晕倒过去，心想自己一定会像中了枪的野兔那样死在灌木丛里。那位弟兄先把我背到一个我们熟悉的山洞，然后就去找卡尔曼。那时，卡尔曼在格林纳达，闻讯后立即赶来。整整有半个月之久，她在我身边寸步不离，她难得合眼入睡，对我悉心照料，无微不至，即使是一个女人对自己最最心爱的男人也莫过如此。待我稍有康复，刚能站起来的时候，她便极为保密地带我到了格林纳达。要知道，波希米亚女人到任何地方都能找到藏身之处。就这样一连六个星期，我都藏在一所房子里，与下令通缉我的市长的府第仅有两个门面之隔。好几次，我就在百叶窗后面看见他走过。后来，我把伤养好了，但在养伤过程中，我经过反复考虑，打算换一个活法儿。我对卡尔曼说，我们不如离开西班牙，到新大陆①去安安分分过日子。她对我的想法不屑一顾：

“咱们这种人生来就不是耕田种地的，注定要靠走江湖行骗为生。告诉你吧，我已经和直布罗陀的纳当·本·约瑟夫谈好了一桩买卖。他有一批棉织品，只待你去运过来。他知道你还活着，一心一意倚靠你来做。你如果失信撒手，咱们对直布罗陀的那些合伙人该怎么交代？”

我被她牵着鼻子走，又重操起非法买卖。

我躲在格林纳达期间，城里举行了斗牛，卡尔曼去看了。回来后她津津乐道，特别是大说特说一个名叫卢加斯的斗牛士，说他本领很高，他的马叫什么名字，他的绣花上衣很值钱，等等，她都了如指掌。我起先没有在意。过了几天，我身边唯一的患难弟兄茹安尼托告诉我，他在查卡丹一家商店里看见卡尔曼与卢加斯在一起。我立即警觉起来，质问卡尔曼是怎么认识那个斗牛士的，为什么要跟他交往。

她回答我说：“那小子，咱们可以打打他的主意。只要河里有声响，不是水在流，就是掉进了石

---

① 指美洲。

子。① 他斗牛挣了一千二百块钱。要么把这笔钱弄过来，要么招他入伙，两个选择，任选其一。他骑马的身手很好，胆子又大，咱们的弟兄一个个都死了，你得补充人手，就把他招进来吧。”

我断然拒绝道：“我既不要他的钱，也不要他这个人。我不许你再跟他来往。”

“我警告你，别人不许我做的事，我很快就要去做！”

幸亏那个斗牛士去了马拉加，而我也忙着准备把犹太人的棉织品偷运进来。这一趟买卖要做的事很多很多。卡尔曼也忙得很。于是我忘掉了斗牛士，也许卡尔曼也把他忘了，至少暂时如此。正是在这段时间，先生，我遇见了您，先是在蒙第拉，然后是在科尔多瓦，最近一次见面就不用我说了。您也许比我知道得更加详细。卡尔曼偷了您的表，还想要您的钱，尤其是您手上戴的这枚戒指，据她说，这是一个神奇的指环，对她的巫术很有用，一定要把它弄到手，我俩大吵一顿，我动手打了她。她脸色煞白，哭了。这是我第一次见她哭，这使得我当时颇为震惊。我请求她原谅，但她一整天都不搭理我。我动身返回蒙第拉时，她甚至不愿跟我吻别，我心里很难受。但三天之后，她来找我，满面春风，欢声笑语，快活得像一只

① 波希米亚谚语。——作者原注

燕雀。所有的不愉快都抛到脑后去了，我们又亲亲热热，像一对热恋的情人。

分别的时候，她对我说：

“哥尔多正在举行节庆活动，我要去赶集，很快就会弄清哪些人身上带着钱，我会通知你的。”

我让她去了。剩下我一个人的时候，我想了想这个节会，想了想卡尔曼何以心情突然大变，认定她一定是先对我狠狠出了一口气，才跑来迁就我的。正好一个老乡告诉我，哥尔多城里有斗牛，我一听就血液沸腾，立即像疯了似的赶到现场。有人把卢加斯指给我看，我从靠边墙的观众席上，看见了卡尔曼。只需看上一眼，便知我的判断不会错。果然不出我所料，卢加斯斗第一头牛时，便当众献殷勤，把牛身上的绸结①扯下来献给卡尔曼，卡尔曼立即戴在头上。但那头牛却替我报了仇。卢加斯连人带马被公牛当胸一撞，翻倒在地，还被牛从身上踩过。我再去看卡尔曼，她已经离位而去。人群拥挤，我走不出去，只好等到比赛散场。我跑到您所认识的那所房子里，从傍晚直到深夜，我一直待在那里。凌晨两点钟左右，卡尔曼回来了，看见我觉得有点儿意外。

---

① 用丝绸系成的结，其颜色标明公牛所属的牧场。绸结用钩子钩在牛皮上，从活牛身上摘取此结送给一个女人，是公开的最大胆的示爱。——作者原注

“跟我走！”我对她说。

“好吧！”她答道，“咱们走吧！”

我把马牵来，将她扶上去。我俩走了半夜，互相不说一句话。天亮时分，我俩来到一个僻静的小客栈歇息，附近正好有个神父的住所。我把她领到那里，对她说：

“你听着，我对你既往不咎，过去的事就不提了，但你一定要对我发誓，跟我到美洲去，在那边过安分守己的日子。”

“不！”她以赌气的腔调回绝说，“我不愿意去美洲。我在这里觉得很好。”

“就是因为你在这里可以接近卢加斯。但是，你好好考虑考虑，即使他的伤能够治好，也活不了太长时间。再说，为什么我要跟他去纠缠呢？你的情人一个又一个，我都杀腻了。再杀的话，我就该杀你了。”

她用野性十足的目光盯着我说：

“我早就想到你会杀我的。第一次见到你之前，我在自己家门口就碰见了一个神父。昨天夜里从哥尔多出来时，你没有看见有一只野兔从路上蹿出来，正好从你的马脚之间穿过。这是不祥之兆，命中注定。”

我问她：“小卡尔曼，难道你不爱我了吗？”

她一声不吭，只是盘腿坐在席子上，用手指在地上乱画。

我恳求她说：

“卡尔曼，咱们换一种生活吧，住到一个咱俩永不分离的地方去。你知道，离这儿不远的一棵橡树下埋着一百二十盎司黄金……另外，咱俩在犹太人本·约翰夫那里还存着钱。”

她笑了笑，答道：

“反正先是我死，然后是你死。我知道结果一定如此。”

我接着说：

“你再想想，我的耐心与勇气都快到头了。你作决定吧，否则我可要下决心了。”

我从她身边走开，缓缓向神父的隐修所踱去，发现神父正在做祈祷。我也正想祷告，但我做不到。我等他祈祷完毕，他站起来时，我向他走去，对他说：

“神父，您愿意为一个命在旦夕的人做祈祷吗?”

“我为一切受苦难的人祈祷。”他答道。

“有一个灵魂也许很快就要去见上帝了，您能为她做一次弥撒吗?”我问。

“可以。”他回答说，眼睛直盯着我，见我神色有点儿不正常，便想引我开口，说：

“我好像在哪儿见过您。”

我把一块银币放在他的凳子上，问他：“您什么时候做弥撒呢?”

“半小时以后。那个小客栈老板的儿子要来帮我做辅助工作。年轻人，告诉我，你在良心上是否有什么不安？你愿不愿意听听一个基督徒的劝告？”

我觉得自己快要哭出来了。我告诉他等会儿再来，说完便赶紧溜走。我躺在草地上，一直等到听见钟声敲响才回去，但我并没有走进小圣堂。弥撒做完后，我回到客栈，巴不得卡尔曼已逃之夭夭，因为她完全可以骑上我的马跑掉……但我发现她仍在那儿。她一定是不愿意别人说她惧怕我。我刚才不在的时候，她拆开自己裙子的贴边，取出里面的铅块。现在，她正坐在桌前，正瞅着一个水钵中的铅块，那是她刚刚熔化之后又倒进水钵的，她全神贯注于她的巫术，竟没有发觉我回到了她的身边。她时而取出一块铅，愁容满面地将它翻来覆去，时而又哼起一首神秘的歌曲，这歌曲是在对波希米亚人尊为至高无上的女王马利亚·帕狄亚进行祈求，她原本是国王唐·佩德罗的情妇①。

“卡尔曼，”我对她说，“请跟我走。”

她站了起来，扔掉水钵，披上头巾准备要走。店伙计把我的马牵来，她坐上马后，我们就上路了。

走了一段路，我对她说：

---

① 世人曾指责马利亚·帕狄亚以巫术蛊惑国王唐·佩德罗。据民间传说，她将一条金腰带献给王后（波旁家族的白朗施），在国王中了魔的眼睛里，此腰带成了一条活蛇，从此，国王深深地厌恶这位不幸的王后。——作者原注

“这么说来，我的卡尔曼，你是愿意跟我远走高飞啰，是吧?”

“是的，我是跟你去死，但决不跟你再生活在一起。”

我们到了一个偏僻的山口，我勒住马。

“就在这儿?”她问道。

她纵身跳到地上，摘下头巾，把它扔在脚下，一手叉腰，傲然挺立，两眼直瞪着我，说道：

“我看得很清楚，你想杀我，这是注定了的，但要我让步，你办不到!”

“我求你了，”我对她说，“你要理智些，听我说，过去的一切都一笔勾销，不过你知道，是你断送了我，我是为了你才变成土匪和杀人犯的。卡尔曼!我的卡尔曼！让我来挽救你吧！让我在挽救你的同时把我自己也挽救出来吧!”

“何塞，”她回答说，“你的要求，我办不到。我已经不爱你了，可你还在爱我，因此要杀我。我完全可以对你撒个谎，哄哄你，可我不想再这么费事了。我们之间的缘分已经完啦，你是我的罗姆，有权杀死你的罗米，但卡尔曼永远是自由的，她生来是加里，死也是加里。”

“这么说，你是爱卢加斯?”我问道。

“是的，我爱过他，就像爱过你一样，但只是爱过一阵子。如今，我谁都不爱了，我恨我自己曾经爱过你。”

我扑倒在她脚下，抓住她的手，泪如雨下，泪珠落在她的手上。我向她重提过去我俩在一起的幸福时光，答应她为了讨她喜欢我愿意继续当强盗。先生，一切，所有的一切我都答应她，只求她仍然爱我！

她却对我说：

“仍然爱你，不可能。和你生活下去，我坚决不干。”

我怒上心头，狂暴失控，拔出刀子，这时，我希望她害怕，向我求饶，但这个女人简直就是个魔鬼。

我朝她嚷道：

“我最后再问你一次，你愿不愿意跟我走？”

“不！不！不！”她一边说一边跺脚，接着又从手指上捋下我以前送给她的戒指，往荆棘丛里一扔。

我立即扎了她两刀。那是我从独眼龙那儿抢来的刀子，我自己的那一把早已弄断了。扎到第二刀，她一声不出地倒下。她那双又黑又大的眼睛直瞪着我，至今我仍历历在目。她的眼光逐渐暗淡模糊，接着双目闭上。我失魂落魄，在她尸体前待了一段时间。我想起了卡尔曼常对我说她喜欢死后被葬在树林里，便用刀挖了一个坑，把她安放进去。我又去找她那枚戒指，找了好半天才找到。我把那枚戒指也放进坑里，就放在她的身边，还在坑外插上一个小小的十字架。也许，我这么做有违波希米亚人的习俗。

完事后，我翻身上马，直奔哥尔多城，向最先碰上的第一个兵站自首。我供认自己杀了卡尔曼，但我不愿说出把她埋在何处。那位隐修的神父真是个圣人，居然为卡尔曼做了祈祷，还为她的灵魂做了一次弥撒……可怜的孩子！把她教养成这个样子，完全是加莱的罪过。

## 四

此种流浪民族，名称繁复，不一而足，或称波希米亚人，或称茨冈人，或称吉卜赛人，或称齐格奥内人。它散布于欧洲各国，当今尤以西班牙人数最多，其所聚居或漂泊之地区，多为南部与东部各省，诸如安达卢西亚、埃斯特拉马杜以及穆尔西，此外，加泰罗尼亚省亦为数不少，其中一部分往往由此流入法国，故可在我们南方各集市上常见其踪影。男子多从事贩马、兽医、为骡子剪毛等营生，亦有修补锅子与铜器的，当然，走私与干不法勾当者也不乏其人。女人则是算卦、行乞与贩卖各种有害无害的药物。

波希米亚人之身体特征，易于辨识而难以描述。只需见过一例，即可从一千人中分辨出与其同种的那一个。和居住在同一地区的其他种族相比，他们的相貌与表情迥然不同，格外醒目。他们肤色黝黑，颜色总比当地其他种族深很多。因此，他们常以“加莱”（黑皮肤的人）自称①。他们的眼睛又黑又大，明显睨视，睫毛修长而浓密。其目光大可与野兽相比，狂野与怯缩兼而有之，就此点而言，他们的眼睛充分反映出本民族的性格：狡诈而放肆，但像巴汝奇②一样，“天生怕挨打”。男人大多身躯健美、矫健敏捷，我从未见过一个身材肥胖的。德国的波希米亚女人一般都很漂亮，而西班牙的吉卜赛女人则绝少国色天姿，年轻时虽丑，但不无几分可取，一旦生了孩子，便令人望而却步了。不论男人女人，无不脏得令人难以置信。谁要未曾见过波希米亚女人的头发，就想象不出它是怎么回事儿，即使比喻为最粗硬、最油腻、最灰黑灰黑的马鬃，亦不过分。在安达卢西亚的某几个大城市里，一些稍有几分姿色的姑娘较为注重打扮，她们以跳舞为生，所跳的舞很像我们狂欢节公开舞会上禁跳的那些舞。英国传教士波罗先生，曾得教会的资助向西班牙境内的波希米亚人传教布道，写过两部兴趣盎然的书，断言吉卜赛姑娘决不会失身于一个异族男子。窃以为，波罗先生如此颂扬她们的坚贞，实在言过其实。首先，绝大部分吉卜赛姑娘都像奥维德③笔下的丑女子，正如诗人所言，“无人问津的女人当然贞洁”④。至于那些貌美的，则像所

---

① 德国境内的波希米亚人虽然完全理解“加莱”一词的含义，但并不喜欢别人以此来称呼他们，他们之间互称为“罗玛内·查维”。——作者原注

② 十六世纪法国作家拉伯雷的长篇小说《巨人传》中的主人公。

③ 公元前一世纪的罗马诗人，《爱经》是他的名作。

④ 原文为拉丁文，出自奥维德《爱经》第一章。

有的西班牙女人一样，选择情人时十分挑剔——既要能得到她们的芳心，又要男才女貌，彼此般配。波罗先生举了一个事例以证明西班牙吉卜赛姑娘的道德观，其实倒证明了他自己的道德观，尤其是他的天真。他说，他认识一个拈花惹草风流成性的浪子，出了好几盎司黄金给一个吉卜赛女子，结果却未能如愿以偿。我把这个事例告诉了一个安达卢西亚人，他说，这个浪子如果只拿出两三个银币，说不定倒能马到成功，因为将几盎司黄金献给一个波希米亚女人，实在无法使其确信不疑，正如答应送一两百万钱财给一个小客栈的姑娘一样。不论怎么说，吉卜赛女人对自己丈夫确实忠心耿耿，一旦需要，她们赴汤蹈火，在所不辞。波希米亚人对自己民族的称呼之一是“罗梅”，其原意是“夫妇”，在我看来，便足以说明该民族对婚姻关系的重视。总的来说，他们在与同族人的交往中很重乡情，也就是很讲义气，竭诚互助，患难与共，出事时严守秘密，不出卖同伙，凡此种种，实乃他们的主要优点。不过，在一切不法的帮派社团之中，亦何尝不是如此呢。

几个月前，我在孚日山①地区访问过一个定居在该地的波希米亚部落。在一个女族长的小屋里，住着一个与她非亲非故的波希米亚男子。他患了不治之症，宁可离开照料甚好的医院，也要死在自己的同胞中间。他在这个家已经卧床十三个星期，得到的待遇比那家的儿子和女婿还要好。睡的床用干草与藓苔铺得柔软舒适，被褥洗得干干净净，而家里其他十一个

① 法国东部的山脉，在法国与德国的边境。

人，却都睡在长不过三尺的木板上。他们待客的情义可见一斑。那个老妇如此仁爱，但却当着病人的面这样对我说：“快了，快了，他快要死了。”究其根由，实因这些人生活极为贫苦，故不畏言死亡也。

波希米亚人的另一个特点，就是对宗教信仰甚不在乎，这并非因为他们桀骜不驯或对宗教持怀疑态度。他们从不标榜自己信奉无神论，恰恰相反，他们居住在哪个国家，便信奉那个国家的宗教。移居到另一个国家，就改信另一种宗教。开化程度低的民族往往以迷信代替宗教信仰，但波希米亚人却并不迷信。说实在的，利用别人的轻信以欺骗为生的人，怎么会迷信呢？但是，我发现西班牙的波希米亚人很害怕接触尸体，他们很少有人会为了钱而把死者抬往墓地。

我说过，大部分波希米亚女人都以算卦为生。她们擅长于此道，但她们最大的生财之道是出售媚药与春药。她们用手逮住蛤蟆的腿声称可以拴住朝三暮四的人的心，还拿磁石粉末来使得对你无动于衷的人爱上你，甚至能够在必要时念咒施法把神魔招来助一臂之力。去年，一个西班牙女人给我讲了这样一个故事：有一天，她心事重重、神情忧郁，正从阿尔加拉大街上走过，一个盘腿坐在人行道上的波希米亚女人朝她喊道：“美丽的夫人，您的情人背叛您了。”实际上确有其事，“要不要我帮您使他回心转意？”不用说，这位夫人欣然接受了。对于一个能够一眼就看透你心事的人，怎么能不信赖呢？由于在马德里这条最热闹的大街上不便于施展法术，两人便约好第二天见面。见了面后，那个波希米亚女人说道：“要使得您那负心汉回头实在太容易了。他给您送过什么手帕、围巾或面纱之类的东西吗?”那位太太拿出一块头巾，“现在您用深红色丝线在头巾的一角缝上一枚银币，在另一角缝半块银币。这儿缝一个小钱，那儿缝两个小钱，最后在中央再缝一枚金币，最好是一枚大面值的。”那位太太一一照办不误，“现在把这块头巾交给我，等到半夜的钟声敲响，我就把它送到坟场去。如果您想亲眼见识见识我的法术，不妨跟我一道去。我向您保证，明天您就准能见到您的情人了。”后来，那个波希米亚女人独自拿着头巾到坟场去了，那位太太不敢奉陪。至于这位被情人抛弃的女人能否收回自己的头巾，能否再见到她的情人，那就只好由读者自己去猜了。

尽管波希米亚人穷困且往往招人反感，但在开化程度甚低的人群中，倒很受敬重，对此，他们甚感自豪，自认为在聪明才智上高人一等，并从骨子里瞧不起接纳了他们的当地东道主民族。

“这些当地人蠢得很，捉弄捉弄他们，真是轻而易举的事。”孚日山地区的一个波希米亚女人这么对我说，“有一天，一个乡下女人在大街上喊住我。我跟她走进她家。原来是家里的炉子冒烟，求我念咒施法。我先是向她索取了一大块肥肉，然后就用波希米亚语念念有词，其实是这么骂她：你是笨蛋，生来就是笨蛋，死了也是笨蛋……走时，我在门口用地道的德语奚落她说，你要炉子不冒烟，最好的办法就是不生火……说完，我撒腿就跑。”

波希米亚人的历史至今仍是问题。众所周知，约在十五世纪初，他们最早的群落，零散地出现在欧洲东部，人数不多，谁也说不清他们是从哪儿来的以及为什么到欧洲来。更为奇怪的是，他们分散在相距甚远的不同地区，居然能在短短的时间里，繁殖如此神速。波希米亚人对自己民族的渊源，并没有任何世代相传的传说。他们大都称埃及是他们远古的祖国，不过，这是一种由来已久的古老说法，他们只是信从采纳了而已。

研究过波希米亚人语言的东方学学者们，大都认为他们发源自印度。的确，罗曼尼的许多词根与语法形式，皆可在一些从梵语派生而来的方言中找得到。不难想象，波希米亚人在长期漂泊中吸收了很多外族的词语。罗曼尼的各种方言中便有大量的希腊语词汇，如骨头、马蹄铁、钉子等。今天，波希米亚人散居于欧洲各地，彼此分隔，有多少群落，几乎就有多少种方言。他们讲当地的语言比自己的方言更为流利，而且，他们只是在有外族人在场时才讲自己的方言，以便于本族人的沟通。德国的波希米亚人与西班牙的波希米亚人互不往来已有好几个世纪，但如果将两者所操的方言加以比较，即可发现共同的词汇数量极多。然而，因为这些流浪的族群不得不使用所在地的语言，所以他们原来的语言与当地文明程度较高的语言接触之后，便产生了明显的变化，只是或多或少不同而已。一方面是德文，另一方面是西班牙文，这两方面使得罗曼尼大大改观，因而，居住在黑森林区的波希米亚人便难以与安达卢西亚的波希米亚同胞交谈，虽然他们只要一张口说几句话，便可知他们不同的方言实同出一源。我认为，有一些常用词在他们不同的方言中都是相同的，例如，在我所见到的所有波希米亚方言的词汇中，“Pani”都指水，“Manro”都指面包，“Mas”都指肉，“Lon”都指盐。

数词则几乎到处一样。我认为德国的波希米亚方言要比西班牙的纯正得多，因为其中保留了很多原有的语法形式，不像西班牙的波希米亚人采用了加斯提诺语①的语法形式。但有几个词是例外，足以证明波希米亚语最初是统一一致的。在德国的波希米亚方言里，过去时态是在动词命令式的末尾加上“ium”，而命令式永远是动词的词根。西班牙的波希米亚方言中，动词则全部按加斯提诺语第一人称变位法的动词变位。原型动词“Jamar”（吃）按规则变为“Jame”（我吃了），原型动词“Lillar”（拿）变为“Lille”（我拿了）。但是，有一部分波希米亚老人例外，仍读成“Jayon”、“Lillon”。我不知道还有什么其他语言的动词也保留了如此古老的形式。

既然敝人在此炫耀了关于罗曼尼的浅薄知识，不妨列举出几个法语土话中的词汇，那是法国盗贼从波希米亚人那里学来的。《巴黎的秘密》② 使得我们上流社会知道“Chourin”一词的意思是“刀子”，这就是一个地道的罗曼尼词汇。“Tchouri”这个词在波希米亚人各种不同的方言中也都有。维多克③把马

① 西班牙中部地区的方言，构成了现代标准西班牙语的基础。

② 法国十九世纪著名作家欧仁·苏所写的著名长篇小说，对巴黎下层社会与盗贼帮派有诸多描写。

③ 法国十九世纪有名的不法分子，犯案甚多，当过警察局的线人与侦缉队长，后又因不法行为而离职。他署名的《回忆录》一书，曾名噪一时。

叫作“Gres”，这个词在波希米亚各种方言中有多种变化，如“Gras”、“Gre”、“Graste”、“Gris”。还有“罗曼尼歇尔”这个词，它在巴黎的土话中就是指波希米亚人，是“Rorrmmane Tchave”（意即“波希米亚小伙子”）的变音。但使我感到沾沾自喜的是找到了“Frimousse”（意即“脸蛋”、“面孔”）一词的词源，这是我那个时代的小学生乃至当今的小学生经常用的一个词。首先请注意，在乌丹1640年所编的那本猎奇性的词典里，就收入了“Frilimousse”这个词。而“菲尔拉”（Firla）、“菲拉”（Fila）在罗曼尼中便是“脸孔”的意思，“摩伊”（Mui）也与此同义，正等于拉丁文中的“奥斯”（Os）。把“Firla”与“Mui”组合在一起成为“菲尔拉摩伊”（Firlamui），任何一个酷爱纯粹母语的波希米亚人一听这个词就能明白，而我个人认为这个组合词也正符合波希米亚人兼收并蓄的语言特点。

够了，对于《卡尔曼情变断魂录》的读者来说，我在罗曼尼方面的学识已经炫耀得足矣，正好有一句波希米亚谚语可引以为戒：“嘴巴紧闭，苍蝇难入①”，就让我以此作为全书的结束吧。

① 原文为波希米亚语。

# 达芒戈海上喋血记

勒杜船长是航海业中的行家里手。他起初只是一名普通的水手，后来当上了副掌舵。在特拉法尔加海战①中，一截断木砸过来，折掉了他的左手，做了截肢手术之后他复员了，带回一份服役期间表现良好的证书。但赋闲在家的日子他实在过不惯，一有机会便重操旧业，到一条私掠船上当上了大副。在海上掠劫了几单，捞了些钱，他得以购置一些书籍，钻研起航海

① 1805 年，在西班牙特拉法尔加海面，英国舰队跟法国、西班牙联合舰队作战，英军获胜。

理论来，而航海的实践他是早已熟练掌握了的。日子不久，他便摇身一变，成了一艘沿海岸航行的海盗船的船长。那是一条三桅船，配有三门大炮，六十名兵丁。他们在杰西岛①周边海面上干得风风火火，凡在那条航线上行走过的海员，至今仍对他们当年的所作所为记忆犹新。和平时期②的到来，使他大为失望，因为他在战争期间发了一笔小财，本想靠趁火打劫掠夺英国商人来增加自己的财富。世道一变，他不得不转而向和平商人提供服务。办事果敢，经验老到，他这般名声广为人知，很容易就有人把一艘舰船交给他指挥。贩运黑奴的买卖被禁止以后，再要进行这种非法活动，就必须躲过法国海关人员的监控，这倒并不太难，最难也最危险的是要逃脱英国巡洋舰的追捕，正因为如此，对于那些“做乌木生意的人”③ 来说，勒杜船长就成了一个难得的尖端人才。

大部分像他这样长期处于低级别层次的海员，对舰船上的任何技术更新甚为深恶痛绝，一旦职务提升后，往往又墨守成规，拒绝改良，勒杜船长则迥然不同。他热衷于更新与改良，他是最先建议船主采用铁箱装水储水的第一人。贩奴船上一般都备有手铐、脚镣，而在他的船上更胜一筹，这些玩意儿都是按新技术打造的，并且还精心地涂上了油漆以防生锈。但使得他在奴隶贩子中间最负盛名的是，他亲自监工打造了一艘专门

---

① 大西洋上英法海峡中的岛屿，属于英国。

② 指1815年拿破仑战败、欧洲结束战争后的时期。下文的战争时期，则是指十九世纪初以后拿破仑帝国与欧洲君主国战争不断的时期。

③ 贩卖黑奴的人对自己的称谓。——作者原注

用来贩运奴隶的双桅帆船。这艘船制造精良，像战舰一样又窄又长，但又能装载数量特多的黑人。他给这艘船命名为“希望号”。“希望号”的统舱狭窄而低矮，高度只有三尺七寸，他认为这个高度足以让身材适中的奴隶坐得舒舒服服，至于站嘛，奴隶们何必要站起来呢？

“到了殖民地，他们有的是时间可以站立！”勒杜这么说。

“希望号”上的黑奴排列成平行的两行，每一行都背靠船舷互相面对而坐，两排之间留有一道空隙，若在别的贩卖船上，这道空隙就当作行走的通道。勒杜船长很有想象力，觉得在这两排人之间的这条空隙里，还可以再安置一些黑奴直躺着。他用这个办法使得“希望号”比其他同吨位的贩奴船多装下十来个奴隶，必要时，还可以再多塞几个。但总该讲点儿人道嘛，至少要让每个黑人在横渡大洋的六个星期之中，有五尺长两尺宽的空间挪动挪动吧。“归根结底，黑人和白人一样，毕竟也是人呀！”勒杜在向他的船主解释这一宽容的措施时这么说。

“希望号”从南特出发了，迷信的人士后来指出那是个星期五。出行前，海关的稽查人员仔仔细细检查了这艘双桅船，居然没有发现船上有六只大箱子，里面装满了铁链、手铐以及我不懂为什么被称为“正义之棒”的铁棍。稽查人员对“希望号”储存了大量食用水一事也丝毫未曾生疑，此船的出海证件写得明明白白，它是到塞内加尔去做木材生意与象牙买卖的，路程并不漫长呀，何须如此多的食用水？不过，有备无患，这并非多此一举，万一海上无风，船只滞留海面，那时缺水怎么办？

于是，“希望号”在一个星期五出发了，带足了一切装备，配齐了各类人员。勒杜本来也许想让这条船有几根更为结实的桅杆，不过，实在没有他也不在乎，只要船是由他来掌控就行了。航行甚为顺利，很快就抵达了非洲，趁英国巡洋舰对这一部分海岸放松警戒的时机，“希望号”在若阿尔河口（我想是此地）抛锚停下。当地的掮客闻讯后立即蜂拥而至，这正是做黑奴生意的最佳时节。达芒戈既是威名赫赫的武士，也是人口贩子，他正好赶来了一批奴隶来到河口，准备廉价出售。他有恃无恐，因为他知道，一旦他贩卖的“商品”开始紧缺，自己完全有能力、有办法立即补充货源。

勒杜船长上了岸，前去拜会达芒戈。达芒戈身居一个临时搭建的窝棚之中，陪随着他的是两个老婆、几个倒卖黑奴的人口贩子以及押送奴隶的打手。为了接待白人船长，达芒戈好生打扮了一番。他身穿蓝色军服，上绣有下士的军阶条纹，每一个肩上用同一式样的扣子扣着一块肩章，晃晃荡荡的，一块朝前，一块朝后。由于他没有穿衬衣，而那身军服对他那样身材的人来说又太短，因而在军服的白色衬里与他那条用几内亚粗布做的短裤之间，就露出一大块黑色的肚皮，像一条宽宽的皮带。他腰间用绳子悬挂着一把骑兵用的大军刀，手持一支漂亮的英国制双管步枪。有如此一身装备，这个非洲武夫便以为自己比巴黎或伦敦最讲究的帅哥少爷更神气。

勒杜船长一言不发，打量了他一会儿，而达芒戈则笔直挺立，好像是一个训练有素的士兵正在接受外国将军的检阅，并对自己给对方留下的良好印象扬扬自得。勒杜船长以行家的老练眼光端详了他一会儿之后，转身对自己的大副说：

“我把这结实的蠢货弄到马提尼克①去，只要他没灾没病，准可以卖个好价钱，至少一千埃居②。”

宾主落座，一个略懂沃罗夫语③的水手充当翻译。双方略事寒暄之后，一个见习水手用篮子提来了几瓶烧酒。大家便喝起来。勒杜船长为了讨好达芒戈，送给他一个漂亮的黄铜火药壶，上面还有拿破仑头像的浮雕。达芒戈不胜感激，连连称谢，而后双方走出窝棚，坐在树荫之下，继续畅饮。达芒戈做了个手势，叫人把要出售的奴隶带上来。

奴隶排成长队走过来，他们又饿又恐惧，身子都直不起来了，每个人脖子上都套着一个六尺长的叉子，叉子的两个尖端用一根木棒连结着，正在每个人的后颈处。需要往前走的时候，押解者把走在最前面的奴隶的叉柄扛在其肩上，这个奴隶又把身后那个奴隶的叉子扛起，第二个则扛起第三个的叉子，其余的奴隶都一一照此办理。如果要停止前进，领头的那人就把叉子的柄端往地上一插，整队奴隶便停下来了。在行进的过程中，休想逃跑，每个人脖子上套着一根六尺长的粗木棍，怎么能逃得掉呢？

勒杜船长对每一个在他面前走过的男女奴隶，都耸耸肩

---

① 西印度群岛中的一座岛屿，法属殖民地。

② 法国古货币的一种。

③ 塞内加尔土著语言。

膀，表示不满意，不是认为男奴太瘦弱，便是觉得女奴太老或者太年轻，他抱怨黑人已经明显退化，今不如昔。

“退化了，退化了，”他这样慨叹道，“真是一代不如一代，从前，女人都有五尺六寸高，四个男人就能够转动绞盘，把一艘三桅战舰的主锚拉上来。”

虽然他在抱怨，但却又挑出了一批身体最强壮、容貌最端正的黑人。这一批他准备按一般价钱买下，但其余那些，他要求大幅度降价。达芒戈则竭力维护自己的利益，他大肆夸耀他的“商品”，还说男奴的货源来之不易，而且如此贩卖人口有很大风险。总之，他对白人船长愿意买下的那些奴隶，要了一个批发价，至于价钱是多少，我也不得而知。

翻译刚把达芒戈开的批发价译成法文，勒杜船长一听简直就气炸了肺，差点儿晕倒在地，于是，他骂了几句脏话，便站起身来，大有拂袖而去、不跟这个漫天要价的家伙打交道之势。达芒戈赶紧挽留，费了好大的劲才使得船长息怒坐下。他们又打开一瓶烧酒，双方重新谈判。这一回轮到黑人觉得白人压价压得太荒唐，简直无法接受了。双方大吵大嚷，争论不休，都拼命灌烧酒。但烧酒在谈判双方身上所产生的效果却大不相同，法国人越喝越压价，而非洲人却越喝越让步。就这么喝掉一篮子烧酒之后，双方也达成了协议。法国人用一些劣质棉织品，加上一些火药、打火石、三桶烧酒、五十支没有修好的步枪，换得了一百六十名奴隶。船长为了表示成交，击了一下达芒戈的手掌，其实这黑人已经喝得半醉。接着，奴隶立即被交给了买主，法国水手赶紧把奴隶脖子上的木叉取下来，换上铁制的颈套与手铐，此举倒也充分显示出欧洲文明的优越性。

船已经装满。挑剩下的三十个奴隶，都是老弱病残或妇女儿童。

达芒戈不知如何处置这堆剩下来的废物，便向船长建议以每人一瓶烧酒的价格全卖给他。价格低廉，颇有吸引力。勒杜船长这时突然回想起过去在南特观看《西西里晚祷》① 演出时的情景，剧场的大厅里已经满座，后来又有好多又肥又胖的人挤了进去，由于人的躯体颇有伸缩性，挤进去的那些人也都能坐下。受此启发，他于是在剩下的三十个奴隶中，又挑了二十个身体较为苗条的。

最后剩下的那十个，达芒戈只要每个换一杯烧酒。勒杜船长一想，在公共马车上小孩子尚且只占半个座位，不必花钱，于是，他又要了三个孩子，并宣称他再也不多要一个了。达芒戈眼见还有七个奴隶卖不出去，便抓过一支枪，瞄准站在最前面的那个妇女，她正是那三个孩子的母亲。

他对白人船长说：

“买下吧，否则我就杀了她。只要一小杯烧酒，你不买，我就要开枪啦。”

“你要我买下，我拿她有什么用?”勒杜船长拒绝说。

达芒戈开了一枪，那母亲倒地而亡。

“来吧，另一个!”达芒戈边喊边瞄准下一个衰弱不堪的

① 法国十九世纪诗人德拉维尼（1793—1843）所写的五幕诗体悲剧，初演于1819年。

老头子，“只换一杯烧酒，否则……”

达芒戈的一个妻子拽了丈夫的胳臂一下，子弹打偏了。因为那女人刚认出她丈夫要杀的那个老头子是一位基里奥，也就是说，是一位巫师，此人曾经向她预言她将来会当上王后。

达芒戈喝多了烧酒，脾气狂暴，眼见有人公然反对他，更是难以自制。他用枪托狠狠揍了一下他的妻子，然后转身对勒杜船长说：

“喂，我把这个女人送给你。”

他的这个妻子长得挺标致。勒杜船长见了笑逐颜开，立即便牵着她的手，说：

“我会找好地方来安置她的。”

那位翻译是个厚道人。他给达芒戈一个硬纸板做的鼻烟盒，换来那剩下的六个奴隶。他立即卸下套住他们的木叉，让他们愿意上哪里就上哪里去。这几个奴隶马上就跑得精光，有的往这儿，有的奔那儿，但谁也不知道如何才能回到离这海岸有八百公里之遥的家乡。

勒杜船长向达芒戈告辞，准备尽快地装“货”上船，因为在河口逗留时间长了不安全，巡洋舰随时都会出现，而他准备第二天就启程返航。至于达芒戈，他躺在有树荫的草地上呼呼大睡，静待醒酒时分。

当他醒来的时候，贩奴船已扬帆起航，顺河而下。达芒戈由于头一天暴饮无度，脑子仍然昏昏沉沉，他还要找自己的妻子艾伊雪哩。有人回答他说，艾伊雪因为不幸惹得他生了气，已经被当作礼品送给白人船长，勒杜早已把她带到船上去了。

达芒戈一听就惊呆了，他使劲捶打自己的脑袋，然后抓起步枪就去追赶。那条河要拐几道弯才能入海，他便抄近路，直奔离河口两公里的一个小港湾，指望在那里能找到一条独木舟，去追上那艘双桅帆船，因为河道曲折，帆船行驶得较慢。果然不出他所料，他先找到一条独木舟，然后又追上了那条贩奴船。

勒杜船长见他追来，颇为惊讶，听到他说想把妻子要回去，更是大吃一惊。

"给了别人的东西，是不能要回去的。"他这么拒绝说。

说完，他转过身去，置之不理。达芒戈坚持要人，并表示愿意退还一部分勒杜用来换奴隶的物资。白人船长哈哈大笑，说艾伊雪这个女人很不错，他要把她留下。可怜的达芒戈一听，泪如雨下，他号啕大哭，痛苦得就像一个正在接受外科手术的病人。他时而在甲板上打滚，呼叫爱妻艾伊雪的名字；时而把头朝船板上撞碰，颇有自杀之势。白人船长无动于衷，漠然冷对，指着河岸示意要他滚蛋，达芒戈仍然坚持不懈，甚至提出用他的锈金肩章、步枪与军刀来交换，但他所有的恳求都枉然白费。

正在双方僵持不下之时，贩奴船的大副对船长说：

"昨天夜里，咱们死了三个奴隶，船上还有点儿空地方，为什么不逮住这个身强力壮的浑蛋呢？他一个人就抵得上死去的那三个。"

勒杜心里打了打算盘，达芒戈这厮足可以卖上一千埃居呀，虽然自己这趟买卖看来会有丰厚的利润，但对他来说，毕竟可能是他此生最后的一次。只要发了财以后不再做贩奴生意，自己在几内亚沿岸留下好名还是恶名，对他还有什么关系呢？再说，岸上渺无人迹，他满可以任意摆布这个非洲武夫，只须把他手里的武器取走就行，因为这武夫手里有武器，要对他下手是很危险的。于是，勒杜船长不动声色地把达芒戈的枪要过来，仿佛要仔细估一估它的价值，看是否可以把艾伊雪再换回去。在摆弄扳机的时候，他刻意把导火线的火药卸掉。与此同时，他的大副则把达芒戈的军刀拿过去把玩。这样一来，黑人武夫便完全被解除了武装。两名勇猛有力的水手扑上去，把他脸朝天地按倒在地，打算将他捆绑起来。黑人武夫猛烈反抗。他遭此突袭，已经醒过神来，虽然处于劣势，但仍与那两个水手搏斗了好一阵子。由于他天生力大无比，终于又站了起来，一拳就把拽住他脖子的那一个水手击倒。另一个也制服不了他，只撕下他的一块上衣。他挣脱后便疯狂扑向大副。大副朝他头上砍了一刀，伤口相当宽，但并不深。达芒戈又第二次倒地。船丁立即将他的手脚捆绑得结结实实。他一面挣扎，一面怒吼，像只落网的野猪一样乱蹦乱扭。当他感到自己已全然无能为力，一切反抗均属徒劳时，便闭上眼睛，一动也不动了。只有他粗声粗气而又急促的喘息，表明他还活着。

“妙极了，”勒杜船长大声嚷嚷说，“被他卖掉的那些黑人，看见他也成了奴隶，准会哈哈大笑。从这件事，他们就会相信天主在上，自有公道。”

这时，可怜的达芒戈还在不断流血。那个慈悲为怀的翻译，就是前一天救了六个奴隶的那位先生，走了过来，替他把伤口包扎好，还对他讲了几句安慰的话。到底是怎么说的，我就不得而知了。达芒戈一动也不动，就像一具死尸，两个水手费了好大的劲，像抬沉重的包袱一样，把他抬到统舱里，那里事先给他留下了一个位置。整整两天，他不吃不喝，几乎连眼睛也不睁。他过去的那些阶下囚，如今成为了他的难友。他们见他也沦落到这群囚徒之中，惊讶得目瞪口呆，只因对他仍心存畏惧，谁也不敢对这个使得他们沦于不幸的武夫表示幸灾乐祸。

双桅船趁着从大陆吹来的顺风，迅速地离开了非洲海岸。船长已经不再担心会碰上英国巡洋舰了，他一心想着这次直航殖民地将有巨额利润在那里等待着他。他的“乌木”完好无损，没有发生任何传染病。只有十二个奴隶，而且是身体最为瘦弱的，因为酷热中暑而死去，此乃小事一桩，何足挂齿。为了使得他船上的人形牲口尽可能少受点儿旅途劳顿之苦，他每天不忘让舱里的奴隶到甲板上来透透气。全部奴隶分为三批进行轮流透气，每批三分之一的可怜虫上来一个钟头，吸足自己一整天所需要的新鲜空气。一部分船丁荷枪实弹，在一旁监视，以防奴隶们造反。另一个防范措施则是，不把他们的脚镣、手铐全部卸下。偶尔，一个能拉点儿小提琴的水手，会给他们演奏演奏，好让他们有点儿娱乐。在此种难得的时刻，一张张黑色的脸孔全都转向这位乐师，脸上原有的那种发呆而绝望的表情逐渐消失不见了，而会开颜大笑。如果在手铐不太碍事的时候，他们还会鼓掌呢，此情此景，见者定会大感惊奇。运动对健康至关重要，为此，勒杜船长定下一条保健措施，那就是要奴隶们经常跳舞，就像要让长途贩运中的马匹经常蹬蹬前蹄一样。

“来吧，孩子们，跳起舞来，大伙儿都乐一乐。”勒杜船长声如雷鸣，同时，他把手里那根用来赶驿车的马鞭，甩得噼啪直响。

可怜的黑奴们便应声跳起舞来了。

有若干天，达芒戈因为有伤在身，待在舱下没有上来。后来，他终于出现在甲板上了。起初，他面对自己那些惊恐的奴群，昂首而立，环视周围辽阔的大海，凄然无语，然后就躺了下来，或者不如说是颓然倒在甲板上，甚至不屑于把镣铐摆弄妥帖，好让自己舒服一点儿。勒杜坐在后部的船楼上，悠闲地抽着烟斗。艾伊雪侍立在他身旁，没有戴镣铐，身穿一件式样优雅的蓝布长裙，脚踏一双漂亮的羊皮拖鞋，手持托盘，托盘上放着各种甜酒，随时准备为他倒酒。显而易见，艾伊雪已经得到了船长的重用，担任了贴身要职。有个黑奴对达芒戈心怀不满，故意叫他往船长那边望去。达芒戈转头一看，看到艾伊雪，便大喊一声，霍地向后部船楼奔去，值班水手竟没有来得及制止他这种严重触犯航行法规的行为。

“艾伊雪!”他用雷鸣般的声音呼喊，那黑人女子立即发出了一声惊叫。“你以为在白人的地方就没有‘犸犸龙婆’了吗?”

这时，船丁们手持棍棒纷纷赶到。达芒戈双臂交叉在胸前，若无其事，从容不迫地回到自己原来的位置上，而艾伊雪则泪流不止，似乎被达芒戈那句神秘的警告吓得丧魂落魄。

“犸犸龙婆”这个词凶狠可怕，足以使人恐惧，究竟所指为何，那位翻译作了以下一番解释：

“那是黑人用来吓唬人的妖怪。如果一个丈夫担心自己的妻子干出不守妇道的事，就像法国女人与非洲女人常做的那样，他就会用‘犸犸龙婆’来吓唬她。我得告诉您，我亲眼见过‘犸犸龙婆’这骗人的把戏。但黑人却信以为真……他们头脑简单，根本不懂得这一套。您想想吧，某个夜晚，当女子们正在跳舞取乐之时，用黑人的土话来说，也就是正在‘乐和乐和’的时候，突然从幽深黑暗的树林里，传来一阵阵怪异的音乐声，什么人在演奏，你是看不到的，那些乐师都藏在树林里。乐器则有芦笛、木鼓、木琴以及用半个葫芦做的吉他。奏出来的声调阴气逼人，鬼听也愁。那些黑人妇女一听见这样的调子便吓得浑身哆嗦。她们想躲开了事，但却被做丈夫的扣住不放。她们知道即将有什么堵心的事要来了。忽然间，从树林里走出一个白色的庞然大物，足有咱们船的桅杆那么高，脑袋如笆斗，两眼像锚孔，一张魔鬼的血盆大嘴，里面有火苗闪闪。这怪物缓缓地挪动，最远不超出树林一百米的地方。女人们不断惊呼：‘“犸犸龙婆”来了！’

“她们像卖鲜蚝蛎的女人那样大叫大嚷，这时候，做丈夫的就对她们说：‘臭淫妇，快告诉我们，你们守没守妇道？如果撒谎，“犸犸龙婆”已经在这儿了，会把你们活活吃掉。’有的女人头脑简单，信以为真，居然从实招认，于是被做丈夫的打得半死。”

“这个叫‘犸犸龙婆’的庞然大物，究竟是什么东西？”勒杜船长问。

“咳，那是一个滑稽小丑装扮的，身上披着一大块白布，头上顶着一个挖空了的南瓜，里面支着一根木棍，棍端放一支点亮的蜡烛。这把戏并不高明，但要诓骗黑人，只须耍点儿小聪明就行了。不管怎么说，‘犸犸龙婆’倒也不失为一种好发明，我希望我的老婆也相信确有‘犸犸龙婆’。”

“至于我的老婆，”勒杜船长说，“即便她不害怕‘犸犸龙婆’，她也会害怕大棒。她很明白，如果她对我耍了花招儿，我会怎么去收拾她。我们勒杜家族的男人耐心都很有限。我虽然只剩一只胳臂，但用鞭子抽人，手还是很好使噢。至于刚才那个用‘犸犸龙婆’吓唬人的浑蛋，你去告诉他放老实点儿，别再恐吓我身边的这个小娘子，否则我会叫人去抽他的脊梁，抽得他的皮肤由黑变红，像带血的生牛排一样。”

说完这一番话，船长便返回他的舱房里，他把艾伊雪叫来，想要好好安慰安慰她。但不管用什么办法，起先是哄，哄到后来，他不耐烦了就揍，所有这一切都不奏效，都不能使那个漂亮的黑女人就范。她泪如泉涌，哭泣不止。船长又回到甲板上，心里不胜烦躁，拿值班官来撒气，把他狠骂了一顿，说他操作不当。

夜深人静，几乎全体船员都入睡以后，守夜的人员先是听见从统舱里传出一阵低沉、庄严而又凄凉的歌声，接着船上有了一声女人凄厉可怕的尖叫。紧接着，则是勒杜船长粗暴的声音，又是骂又是威吓，还有他那根可怕的鞭子噼噼啪啪的抽打声，响遍了全船。过了一阵子，一切又归于沉寂。第二天，达芒戈登上了甲板，脸上有鞭痕累累，但神情倔强而倨傲，威严一如往昔。

在后部船楼上，艾伊雪本来坐在勒杜船长的身旁，一看见达芒戈，便飞奔过去，跪在他的跟前，用极为绝望的声音哀求道：

“宽恕我，达芒戈，宽恕我吧！”

达芒戈直盯着她足有一分钟，接着，见那个翻译不在近处，便说了声：

“弄把锉刀来！”

说罢，他往甲板上一躺，不再理会艾伊雪。船长狠狠责备了艾伊雪一通，甚至还打了她几个耳光，并禁止她以后再跟自己的前夫搭话。但他怎么也没有想到他俩刚才那几句简短话里的内容，也没有从这个方面提出过任何疑问。

在以后的一段时间里，达芒戈与其他奴隶都关在一起。他日夜不停地鼓动他们进行一次大胆的冒险，去争取自由。他对难友们说，白人数目甚少，看守起来会越来越疲乏，警惕性会降低；同时，又含含糊糊地承诺，获得解放后，他会把他们带回故乡。他还自吹自擂声称自己精通黑人所迷信的法术，又威胁说，谁要是不配合行动参与起事，谁就必定遭到魔鬼的报复。他做这番训导时，只使用伯尔人①的方言，大部分黑人能听懂，而那个翻译则完全不懂。他能言善辩，本来就颇具演说才能，加上他的声望与奴隶们一贯畏惧他服从他的习惯，所以他煽动起事的话语更具有神奇的说服力。黑奴们都敦促他尽快确定一个起义求解放的日期，倒是他本人认为不宜仓促举事。他故弄玄虚，讳莫如深，告诉难友们说，时机尚未成熟，魔鬼

① 非洲北部的土著民族，原来定居在塞内加尔。

还没有托梦通知他可以行动，但他们必须做好充分准备，一旦号令下来，就立即动手。与此同时，他不放过任何一个机会去试探船丁的警惕程度。有一次，有个船丁把步枪靠在船舷上，正在尽情观赏着追随双桅船的一群鱼跳出水面、凌空而跃的情景，达芒戈将那支枪拿过来，摆弄了一番，还故意笨拙地模仿了船丁们操练的动作。不一会儿，那支枪被要了回去，但他由此探知，他可以拿拿武器而不至于立即引起对方的警觉。当将来举事的时候，谁还想把武器从他手里再夺回去，那人就是胆大妄为、不知死活了。

一天，艾伊雪扔了一块饼给他，同时做了一个只有他才明白的手势。饼里藏有一把小锉刀，举事的成败全靠这件工具了。最初，达芒戈小心翼翼，不让自己的难友们看见这把刀。等到夜幕降临以后，他嘴里念念有词，同时做出一些怪异的动作。他越来越兴奋，甚至发出一些呼喊。他的声音抑扬顿挫，起伏变化，真以为他正在和一个肉眼看不见的人在进行热烈的交谈。所有的奴隶见此都不寒而栗，深信魔鬼已经来到了他们中间。最后，达芒戈发出一声欢呼，结束了装神弄鬼的这一幕。

“伙计们，”他叫道，“我祈求的那个精灵，刚才终于答应把它所承诺过的福祉赐给我，我手里正拿着可以使我们得到解放的工具。现在，你们只须鼓起一点点勇气，就能够获得自由了。”

他让周围的人都用手摸摸那把锉刀。他的骗术虽然十分简单，但还是使得那些头脑更为简单的黑奴信以为真。

经过漫长的等待之后，复仇与解放的伟大日子终于来到了。举事者作了庄严的宣誓，众志成城，团结一致，通过慎重的讨论，敲定了起义的计划。最为勇敢坚定的一批人，由达芒戈率领，趁他们上甲板之际，夺下守卫船丁手里的武器。再去几个人到船长的房间里去夺下那里的枪支。施行第一轮打击的任务由那些先锯开了手铐、脚镣的人承担。不过，尽管一连好多个夜晚奴隶们都在顽强地锯自己的镣铐，但大部分人仍然未能得逞，不可能放开手脚参加起义。因此，要由三个特别身强力壮的奴隶，去杀死那个口袋里装着镣铐钥匙的看守，然后再去解放那些仍被铐着的兄弟。

举事的当天，勒杜船长心情甚佳。他一反常态，竟赦免了一个原本该受鞭打的见习水手，并表扬了一个值班的高级船员，说他驾驶得不错，向全体船员宣称他对此深感满意，还说不久就要到马提尼克岛了，届时，每个人都会得到一份额外的奖金。如此诱人的承诺，引人想入非非，每个人都在自己脑子里盘算着上岸后如何享受马提尼克岛的美酒与有色民族女人。正当他们飘飘然之际，达芒戈与一些预谋起事的奴隶被带上了甲板。

他们锉开镣铐时，小心翼翼地加以掩盖，叫人看不出已快锉开，但稍一使劲便能扭断。同时，他们故意把镣铐弄得哗啦作响，好让旁人听见了会以为他们不堪重负。他们饱吸了一阵新鲜空气之后，便全体手挽手，跳起舞来，而达芒戈则唱起了自己部族的战歌①，这是他过去每次出征时都要唱的。舞跳了一阵子之后，达芒戈似乎有点儿累了，便躺倒在一个无精打采

---

① 每个黑人首领都有自己的战歌。——作者原注

倚靠着船舷的水手的脚下。其他预谋者也纷纷效仿，于是，每个船丁身边都围有好几个黑奴。

突然，达芒戈稍一用力便把镣铐弄断，大喊了一声，这喊声就是他约定举事的信号。接着，他猛地将身旁那个船丁的两腿一拉，把他掀倒在地，一脚踏住他的肚子，把他的枪夺了过来，开枪打死那个值班的小头目。与此同时，每个值勤站岗的船丁都遭到了攻击，被缴械后立即就被杀掉。船上杀声四起，掌握镣铐钥匙的那个看守，首当其冲，是第一批丢掉性命的一个。于是，成群的黑奴涌上了甲板，找不到枪支的就抓起绞盘上的木杠或救生艇上的木桨当武器。从这时开始，欧洲船丁们的大势已去。不过，还有几个船丁仍在后部船楼上负隅顽抗，但他们既缺乏武器，也丧失了信心。勒杜船长尚且还活着，其勇气也丝毫未减。他发现达芒戈是这次反叛的首脑，心想如果能把他干掉，他的那些追随者就好对付了。于是，他高呼达芒戈其名，手挥军刀，直向他冲去。达芒戈立即迎了上去，他倒提着一支步枪，像抡一根大棒似的抡着它。两个首领在连接前后船楼的一条窄窄的通道上狭路相逢。达芒戈首先发动攻击，勒杜将身子轻轻一闪，躲过一招。达芒戈的枪托狠狠砸在甲板上，折成两截，其反作用力之大，竟使整支步枪从达芒戈手里震落而下。达芒戈已赤手空拳，勒杜狞笑一声，举起胳臂，挥刀劈下，眼见要将对方劈个通透。但说时迟，那时快，达芒戈敏捷得像他家乡的一头猎豹，竟冲进勒杜的怀里，一把抓住勒杜挥刀的那只手。双方激烈格斗，一个拼命夺刀，一个拼命握刀。在拼死拼活的争夺中，两人同时跌倒在甲板上，但这时非洲人被压在下面。达芒戈毫不泄气，他使出了全身的劲儿，紧紧将勒杜箍住，张开大嘴狠咬其喉咙，用劲之猛，使得鲜血飞溅，像从狮子的牙缝里喷出的一样。军刀从勒杜的手里颓然落地。达芒戈把它抓了过来，直往已经半死的对手身上连戳几刀，他鲜血淋漓的嘴里，发出一声胜利的吼叫。

起义胜利已成定局。剩下来的几个船丁哀求胜利者饶命，但他们所有人，包括那个从未对黑人做过坏事的翻译，都被毫不留情地杀死了。大副死得很壮烈。他退到船尾，紧靠一尊能旋转发射霰弹的小炮。他左手转动那门炮，右手持刀抵抗，越战越勇，招来了一大群黑人的围攻。于是，他把开炮的按钮一按，顿时密集的黑人被轰得一片死伤狼藉，形成了一条血路。不一会儿，他就被剁成了肉泥。

当最后一名白人的尸体也被砍成碎块儿扔进大海之后，黑人们因大仇已报而感到心满意足。他们抬眼注视船帆，那些帆一直被强劲的风吹得鼓鼓的，似乎还听命于原来的白人压迫者，不理睬起义者的胜利，仍然要将黑人们送往被奴役的地方。

面对此种境况，他们不禁悲哀地想道：这条船是白人奉若神明的庞然大物，我们把它的主人都斩尽杀绝了，它还会把我们送回老家吗？

他们之中一些人认为，达芒戈有本领，能操纵这条船，于是，大家高声呼叫达芒戈。

达芒戈却不急于露面。大家在船尾的一个房里发现他正站在那里，一手按着船长那把血淋淋的军刀，另一只手正被他心不在焉地伸给他的妻子。艾伊雪跪在他跟前，吻着他的手。从他的举止来看，胜利的喜悦并没有减轻他心底里隐隐的不安。比起那些黑人同类，他毕竟心思细致一点儿，更能感觉得到自己境况不妙。

他终于出现在甲板上，外表镇定而内心忐忑。上百张嘴都在吵吵嚷嚷，催促他掌控船只，指挥航行。他慢吞吞地走近船舵，似乎想拖延一下时间，因为即将检验出他到底有没有真本领，对此，他的那一大群追随者都在拭目以待。

船上任何一个黑人，不论多么迟钝愚蠢，都不会不注意到有一个罗盘和它前面那个盒子，它们对船只的航行起了决定性的作用。但这种机械装置对他们来说，是神秘莫测的。达芒戈在罗盘前盯了好久，嘴唇不断翕动，似乎想看懂那上面的文字。接着，他手按额头，似乎在思索，在盘算着什么。所有的黑人都围在他身旁，张着嘴巴，瞪着眼睛，忧心忡忡地注视着他每一个细微的动作。终于，达芒戈出于因无知而产生的恐惧与自作聪明两者兼而有之的心情，贸然使劲转动了一下罗盘。

碰上这种前所未有的操纵方式，美丽的双桅船“希望号”，就在海浪上上蹿下跳，剧烈颠簸起来，像一匹烈马猛地被鲁莽的骑手用马刺一扎，竟昂然直立那样。简直可以说，这条船是在大发雷霆，宁愿毁沉海底，与那个冒失无知的舵手同归于尽。船帆方向与罗盘转动方向之间的协调制动横遭破坏，船身便猛烈倾斜，眼见即将翻倒，葬入大海。高大的帆架已经没入水中，有些人跌倒在甲板上，有些人已掉进海里。但是，转眼之间，双桅船又迎着波浪骄傲地昂起头来，似乎要与死神再作一番搏斗。海风越来越猛，突然，一声可怕的巨响，两根船桅在离甲板几尺高的位置被风吹断，船帆的碎片和像沉重的渔网般的帆索纷纷落下，遍布了整个甲板。

黑人们被吓得惊恐万状，纷纷逃进统舱。海风吹倒了与它全力相抗的巨帆，双桅船又得以缓过劲来，又开始随波漂荡。于是，黑人中一些胆子大的又爬上了甲板，清扫堵塞道路的碎片。达芒戈的肘靠在罗盘柜上，用弯曲的胳臂遮住自己的面孔，一动也不动。艾伊雪待在他身旁，但不敢跟他说话。黑人们逐渐走拢来，起先是小声低语，议论纷纷，不久，就变成了一阵狂风暴雨似的谴责和辱骂。

“没有良心的家伙！骗人的坏蛋！”他们叫嚷道，“你害得我们这么惨，是你把我们贩卖给白人，是你强迫我们造了他们的反。你向我们胡吹你有知识，还答应要把我们带回家乡。我们相信了你这个家伙，我们真傻，你得罪了白人的这个神物，害得我们差一点儿就全完了。”

达芒戈把头骄傲地一抬，吓得周围的黑人纷纷后退。他捡起两支步枪，示意他老婆跟着他走。他穿过人群，黑人赶紧给他让出道来，他径直向船头走去。到了那儿，他用空桶和木板筑成一个碉堡似的掩体，然后，他往这个掩体的中央一坐，示威性地将步枪上的两把刺刀从掩体里伸了出去。黑人们再没有去干扰他。在这些造反的人群里，有些人在哭泣，有些人举手朝天，同时向黑人的神明和白人的神明进行祈求，有些人跪倒在那个摆动不停、叫他们惊叹不已的罗盘针之前，哀求它把他们带回家乡，有些人则陷入消沉，沮丧地躺在甲板上。在这些绝望的人群之中，请诸位想象一下，还有一些惊恐万状、哭号不已的妇女和儿童以及二十来个伤员，他们哀苦求助，但没有人去搭理他们。

忽然间，一个黑人在甲板上出现，他满面赤亮，喜气洋洋，宣称他刚刚发现了白人贮藏烧酒的地方。他那么兴高采烈，手舞足蹈，足以表明他已经美美地品尝了一番。这一消息顿时使得那些可怜虫停止悲号哀哭，他们立即奔向食品贮存室，拿到烧酒就狂饮饱灌了起来。一个小时之后，只见他们在甲板上一片烂醉，又是跳，又是笑，狂态百出。他们的舞蹈与歌声中仍夹杂着伤员的呻吟与哭喊。就这样，那段剩下的白天的时间和整整一个晚上，在醉生梦死中过去了。

第二天早上醒来，又恢复了一片绝望恐惧。夜里，许多伤员已经死去。双桅船在海上漂浮，周围散布着尸体。这时，风急浪高，天空一片雾蒙蒙的。大伙儿赶紧聚拢商议。有几个学过点儿巫术的人，以前当着达芒戈的面不敢炫耀，现在一个个都自告奋勇，轮流将自己的法术操演了一番，但都没有奏效。每失败一次，人群的绝望便增添几分。最后，又有人提起了达芒戈，他一直没有从他的掩体里出来。在大家看来，他毕竟是他们之中最有学问的，固然是他把大伙儿带入了绝境，现在也只有他才能把大伙儿救出苦海。于是，一个老者走到他跟前，提出了同舟共济的建议，请求他发表高见，控制危局。但达芒戈充耳不闻，像科里奥兰①那样无动于衷。他在昨夜已经趁乱

① 公元前五世纪的罗马大将，因国人不义，愤而投敌并率部直逼罗马。罗马不止一次遣使求情，他均予以拒绝。

贮备了一些饼干与咸肉，狠下心来，准备离群独处，在掩体里过自己的日子。

船上的烧酒倒还剩一些，至少可以使人入醉，忘掉大海，忘掉奴役，忘掉即将到来的死亡。大家喝了便睡，醉梦中回到了非洲，看见橡胶树，看见门户敞开的小茅屋，还有榕树郁郁的浓荫覆盖着整个村庄。第二天起来，又开始狂饮饱灌，如此如此，醉生梦死，又过了一些天。悲号，哭泣，抓扯自己的头发，然后又喝得烂醉，沉沉入睡，这就是他们每天的生活内容。有一些人狂饮过量而死，另有一些人则投海自尽或引刀自戕。

一天早上，达芒戈走出自己的掩体，一直来到那残存的半截船桅旁，对大家宣告：

“奴隶们，神灵托梦给我，告诉我如何才能把你们救出目前的险境，如何才能把你们带回家乡。我本来不想再管你们的事，因为你们忘恩负义，但是，我怜悯这些哭哭啼啼的女人和小孩儿。我宽恕你们，你们得好好听我的话。”

所有的黑人都毕恭毕敬，低着头，簇拥在他周围。

他继续说下去：“要使得这样一个庞大的木制建筑在海上移动，就必须像白人那样懂得控制它的咒语。虽然咱们办不到，但咱们能够任意指挥那些和咱们家乡小船一样的轻便小艇。”

说着，他用手指了指旁边的救生艇与其他小艇。

“咱们在小艇上装足食物，然后坐上去顺着风向使劲划，我的神明与你们自己的神明，一定会施法刮风，把咱们吹回家乡。”

大家对他的话都深信不疑。其实，他这个如意算盘是最荒唐不过的。既不会使用罗盘，又不懂天文气象，只能随风漂流，听天由命了。照他的想法，他认为只要一直朝前划去，就一定能找到黑人居住的陆地。因为他听他母亲说过，陆地都归黑人所有，白人只能在自己的船上栖身。

很快，上小艇的一切准备工作都做好了。但只有一个救生艇与一条舢板还完整可用。它们容量太小，装不下还活着的八十来个黑人，必须把伤病员扔下。这些可怜的人大部分要求同伴在抛弃他们之前把他们弄死。

费了九牛二虎之力，好不容易把两条小船放到了水面。两条都严重超载，海上波涛汹涌，随时都会把船吞没。舢板先划了出去。达芒戈与艾伊雪坐在后面那只救生艇上。救生艇要笨重得多，载人的数量也大大超过那条舢板，因而远远落在后面。艇上的人还听见被遗弃在“希望号”上的几个可怜虫仍在哀号惨叫。猛然，一个大浪从侧面朝救生艇袭来，艇内顿时充满了海水，眼看即将沉没。前面那条舢板，见此情景，便赶快使劲划得远远的，唯恐要承担打捞落水者的责任。救生艇上几乎所有的人终于被大海吞没了，只有十多个人侥幸游回了“希望号”，其中包括达芒戈和艾伊雪。到太阳西沉的时候，他们看见了那条舢板消失在地平线上，但那一船人后来的命运就不得而知了。我何必详细描述“希望号”上残存者备受饥饿折磨的种种令人恶心的惨状，来给读者添堵呢？二十来个人挤在一个狭小的空间里，时而被惊涛骇浪上下颠簸，时而被炎炎烈日暴晒烘烤，每天都要争夺剩下来的少量食物，一块饼干就足以引起一场战斗。弱者一个个死去，倒不是为强者所杀，而是强者坐视他们自行死亡。几天以后，双桅船“希望号”上还活着的，就只有达芒戈和艾伊雪两人了。

一天夜里，海上骇浪滔天，狂风怒号，四周一片漆黑，从船尾竟看不见船头。艾伊雪躺在船长室里的一张床垫上，达芒戈坐在她的脚旁。两人相对无言，沉默了好久。

艾伊雪终于喊道：“达芒戈，你受苦啦，你所受的一切苦，都是因为我……”

“我不苦。”达芒戈生硬地答了一句，同时把自己仅剩的半块饼干，扔到他老婆的身边。

“你自己留着吧，”艾伊雪说着轻轻把饼干推了回来，“我已经没有饿的感觉了。再说，我已经死到临头了，何必吃呢？”

达芒戈没有回答，他站起身来，踉踉跄跄登上甲板，在一截折断的船桅旁坐下。他的头低垂在胸前，嘴里轻声哼起了他部族的小调。突然，海面的风浪声中传来一声大喊，同时，闪过一道亮光。紧接着，他又听见几声喊叫，一艘黑魆魆的大船飞快地在“希望号”旁边一闪而过，两船距离甚近，那条船的帆架几乎擦着他的头皮。达芒戈瞥见那船上有一根桅杆上悬挂着一盏桅灯，照亮了两个船员的面孔。这两个人还发出了一声呼喊，但在狂风劲吹下，那船转瞬即过，消失在黑暗之中。船上的值班人员一定是看到了失事的“希望号”，但风急浪高，他们实在无法掉头回来。过了一会儿，达芒戈又看见大炮的火光一闪，并听见一声轰响。接着，他又看见另一尊大炮闪出火光，但却没有听见任何声响，而后，就再也没有见到什么了。第二天，没有一丝帆影在海面出现。达芒戈又重新躺回床垫，闭上自己的眼睛。当天夜晚，他老婆艾伊雪死去了。

我不知道经过了多少时间以后，英国的三桅战舰“战神号”远远发现一艘折断了桅杆的船只，看来船员已经弃船逃离，便派了只小艇前往探个究竟，发现船上还有一个死去的黑女人和一个枯瘦如柴的黑人男子，那男子干瘪得如同木乃伊，他已经昏迷不醒，但还有一口气。战舰上的外科医生收下了他，并进行治疗。当“战神号”在金斯敦①靠岸时，达芒戈的身体已完全康复。旁人询问他的身世，他都知无不言。岛上的种植园主想把他当作反叛的黑奴绞死，但当地的总督是个讲人道的人。他对达芒戈很感兴趣，认为他的作为情有可原，说到底，他只不过行使了正当防卫的权利而已，何况，他杀的都是法国人。于是，该岛按照贩奴船一律没收、其上的黑奴则从轻发落的惯例，给予达芒戈自由，换句话说，就是叫他为政府干活儿，每天可赚得六个苏②的工钱，外加膳食。他长得很英俊，七十五团队的上校看中了他，让他在军乐队里当铙钹手。他学会了一点儿英语，但平时寡言少语，喝起酒来却毫无节制，专喝朗姆酒和塔菲亚酒③。后来，他得了肺炎，死在医院里。

---

① 西印度群岛中英属牙买加岛的首府。
② 法币名，二十个苏为一法郎。
③ 这两种酒均为西印度群岛的烈性烧酒。

# 马铁奥仗义斩子

出维基奥港①的市区，朝着西北方向往岛上腹地走去，可见地势陡然升高。羊肠小道，曲折蜿蜒，沟壑纵横，切割通道，并时有巨石挡路。维艰而行三个钟头之后，前面便是一片深广丛林的边缘。丛林是科西嘉牧羊人的家园，也是为官府所不容者的藏身之地。要知道，科西嘉农民为了省去给田地施肥之劳，总是放火烧荒，即使火势蔓延，超出了需要的范围，他

① 位于法国科西嘉岛东南部的港口。

们也任其自然发展。不管怎么样，树木烧成灰烬，成为了肥料，覆盖于地面，在其上面播种，肯定会有好的收成。麦穗收割后，农民嫌麦秆麻烦，也就懒得去管了。至于没有烧尽的树根，则仍埋在地下，到来年春天，又出芽抽条，长出茂密的枝叶，不消几年，高度便可达七八尺。这种茂密的再生林，就是科西嘉岛上特有的矮丛林。在其中，各种各样的树木与丛薮交错缠绕，浓密混杂。只有手持利斧才能在其中开辟出一条路来，有时矮丛林的枝叶过于繁密，连野山羊也钻不进去。

如果你犯了命案，那就躲进维基奥的丛林中去好了，只要带上一支好枪、一些火药与子弹，你就稳保平安无事；当然，别忘了带一件有风帽的褐色斗篷，用它当作被褥。附近的牧羊人会供给你牛奶、乳酪与板栗。除了去城里补充弹药的时候之外，你就不用担心会落入官府手里或遭到仇家报复。

18××年我在科西嘉的时候，马铁奥·法尔戈内一家就住在离矮丛林仅两公里之处。他在当地堪称富人，生活优裕，什么也不用干，光靠羊群便可过得很滋润，其牧事自有牧人代劳，他们是另类的游牧民族，驱赶着畜群在群山里择地而驻。我见到马铁奥的时候，是在以下这个故事已经发生之后的两年，当时我觉得他至多不过五十岁。他个子矮，体格壮，头发卷曲，像煤一样漆黑，鼻如鹰钩，唇如薄片，大眼睛炯炯有神，皮肤晦暗，如同靴子的里面。当地是出神枪手的地方，高手如云，即使如此，马铁奥的枪法也是出类拔萃的。举例来说吧，他射击岩羊从不用大粒霰弹，而是在一百二十步开外，随手一枪，不是正中头部，便是正中肩胛，一击毙命。在夜间也如同在白天一样，百发百中，弹无虚发。他的枪法如此神奇，都是别人告诉我的，对于没有到过科西嘉的人来说，简直就像天方夜谭难以置信。更为神乎其神的是，旁人在八十步以外点上一支蜡烛，蜡烛前遮一张盘子大小的透明纸，他先举枪瞄准，旁人随即把蜡烛吹灭，再过一分钟，他在一片漆黑中射击，射四次有三次能把那张纸击中。

此等超凡的身手，使得马铁奥威震一方，闻名遐迩。在乡里间，他还享有上佳的口碑：对朋友义重如山，对敌人疾恶如仇，而且他热心助人，乐善好施，故此，在维基奥港整个地区，他与同胞乡亲关系融洽，和睦相处。不过，也有传闻说，他当初在科尔特①，为了娶上自己的妻子，曾经十分凶狠地灭掉了情敌，那人不论在情场上还是在武场上，都是一个可怕的对手。至少大家都这么认为，那个情敌正对着挂在窗口的一面小镜子刮胡子的时候，一记冷枪叫他当场毙了命，那就是马铁奥的手笔。此事风平浪静之后，马铁奥就娶了妻，成了家。他的妻子吉乌赛芭起先给他生了三个女娃，他对此十分恼火。后来，终于生了个儿子，取名福尔菊纳多。此子一脉单传，成了全家的希望。三个女儿都嫁得很好，只要老爸需要，三个快婿定都拔刀相助。儿子虽然十岁，但已可预见将来必成大器。

秋季的一天，马铁奥大清早便同妻子出门，去巡视丛林中一块空地上的羊群。小儿子也想跟他们一道去，可是路途太远，再说，也要留个人看家，所以，父亲没有答应。后来他会

---

① 科西嘉中部的城市。

不会为此而感到后悔，看官随后便知分晓。

马铁奥走了已经好几个钟头，小福尔菊纳多安安静静地躺着晒太阳，两眼凝视着蓝色的群山，心里想着星期天将要去城里一个人称“班长”① 的叔叔家做客一事。突然，一声枪响打断了他的思绪。他赶忙站了起来，朝响着枪声的平原望去。接着，枪声又起，时断时续，并越来越近。终于，从平原通往马铁奥家那栋房子的小路上，出现了一条汉子。他头戴山区百姓常戴的那种尖顶便帽，满脸胡须，衣衫褴褛，拄着一支长枪，步履艰难地走过来，他大腿上刚中了一枪。

此人乃强盗②也，他夜里进城购置火药，在回来的路上，遭到科西嘉步兵队③的伏击。他拼命奋战，冲出包围，军队则紧追不舍。他靠岩石作掩护，边退边还击。但追兵距离甚近，而且他已经负伤，眼看在逃进丛林之前就会被抓获。

他走近福尔菊纳多身边，问他：

“你是马铁奥·法尔戈内的儿子吗?”

“是的。”

“我，我是吉阿内托·桑彼埃罗，黄领子④正在追我。请

---

① “班长”是从前科西嘉农民反抗封建领主时各村的起义领袖。至今仍以此来称呼乡镇财大气粗、人多势众、影响广泛并有一定司法权力的乡绅。根据古老的习惯，科西嘉人分五等，即贵族（其中包括达官贵人与领主）、班长、公民、平民与外乡人。——作者原注

② 此处的“强盗”与“遭官府追捕者”实为同义。——作者原注

③ 这是当地政府近年来组建的武装组织，与警察共同承担治安任务。——作者原注

④ 士兵的制服为褐色，带有黄色的衣领。——作者原注

把我藏起来，我快走不动了。”

“没有得到我爹的同意我就把你藏起来，他会怎么说?”

“他会说你做了件好事。”

“谁知道呢?”

“快把我藏起来吧，他们快追上啦。”

“等我爹回来再说吧。”

“还要我等？真该死！他们几分钟之后就到，快，赶快把我藏起来，否则我就毙掉你。”

福尔菊纳多冷冷地答道：

“你的枪已经射空了，你腰带里也没子弹了。”

“我还有匕首。”

“你追得上抓得着我吗?”

随后，他便纵身跳开，让那强盗够不着他。

“你不是马铁奥·法尔戈内的儿子吗？难道能让我在你们家门口被抓?”

那孩子似乎心里有所松动。

“如果我把你藏了起来，你给我什么好处?”他说着向强盗走近。

那强盗摸了摸挂在腰间的皮口袋，掏出一块五法郎的硬币，显然是他留着要买火药的。福尔菊纳多见了银币便眉开眼笑，一手抓了过来，对那汉子说：

“你就放心吧。”

说罢，他在房子旁边的干草堆里扒开一个大洞，那汉子便钻了进去。孩子用干草把洞口盖好，留出空隙给他透气，但又不留下破绽，使人不致生疑。另外，他还别出心裁，想出一个妙法，抱来一只母猫和一窝小猫，把它们放在干草堆上，使人以为最近一直无人动过这一堆草。这时，他又发现屋旁小路上留有血迹，便用土仔细掩盖好。安排停当之后，他便泰然自若地躺下来晒太阳。

几分钟后，六个身穿褐衣黄领制服的士兵，由一位队长率领着，来到了马铁奥家的门前。这个队长与马铁奥还沾点儿亲。看官须知，在科西嘉，沾亲带故的人际关系，远比其他地方更为普遍。此人名叫第奥多罗·甘巴，办案特别卖力，强盗们都很怕他，已有多人被他缉拿归案。

“你好，表侄，”他走近福尔菊纳多说，“你可长大了！你看见刚才有一个人从这里跑过去吗？”

“噢，我长得还没有您那么高，表叔。”孩子装天真地说。

“你很快就会长得跟我一样高，不过，你告诉我，刚才有一个人跑过去了吗？”

“您问我看没看见有个人跑过去？”

“是呀，有个人，他头戴黑色天鹅绒尖顶便帽，身穿绣着红黄条纹的外衣。”

“有个人，戴着黑色天鹅绒尖顶便帽，身穿绣着红黄条纹的外衣？”

“没错，快回答我，别老重复我的问题。”

“今天早晨，神父骑着他那匹叫皮埃罗的马，从我们家门口经过，他向我问候了我爹，我回答他说……”

“好哇，小鬼头，你跟我耍滑头，快告诉我那强盗跑到哪里去了，我们正在追捕他。我敢肯定，他一定是从这条路跑的。”

“谁知道呢？”

“谁知道？我就敢断定你见过他。”

“我睡着了还能看见有人跑过去？”

“你没睡着，小无赖。枪声早就把你惊醒了。”

“表叔，您以为你们的枪能打那么响？我爹的喇叭口火枪的响声比这大多了。”

“你见鬼去吧，小坏蛋！我敢断定你看见了那强盗，很可能你把他藏起来了。喂，弟兄们，你们进屋去，看看咱们要抓的人在不在里面。那家伙只剩下一条腿能走，他精得很，绝不会妄想一瘸一拐能逃进丛林。再说，血迹到这儿就没有了。”

“我爹会怎么说？”福尔菊纳多冷笑着问，“如果他知道，他不在家的时候，有人进了他的屋子，他会怎么说？”

“小无赖，”队长拧着孩子的耳朵说，“你明不明白，我要你老实点儿你就得老实。也许用刀面在你身上拍打二十几下，你就会说实话了。”

福尔菊纳多仍冷笑不止。

“我的老子是马铁奥·法尔戈内！”他扬扬得意、装腔作势地说道。

“小浑蛋，你要知道，我可以把你抓进科尔特或者巴斯蒂亚的监狱，让你睡草垫，戴脚铐。如果那时你再不招出强盗跑到哪里去了，就把你送上断头台。”

那孩子听了这恐吓，反倒哈哈大笑起来，他仍然重复那句老话："我的老子是马铁奥·法尔戈内。"

一名士兵低声劝告自己的队长说："长官，咱们还是别去得罪马铁奥为妙。"

队长显得进退两难，便与士兵们低声商议了一会儿，士兵们已经把整栋房子搜查一遍了。他们这么做并没用多长时间，因为科西嘉人的小屋只不过是四四方方的一大间，家具陈设一目了然：一张桌子，几条长凳，几个箱子，一些猎具与日常用品。在这段时间里，小福尔菊纳多一直在抚摸着那只母猫，对那几个士兵与他表叔队长的一筹莫展显得有些幸灾乐祸。

一个士兵走近干草堆，看见了那只母猫，便漫不经心地用刺刀戳了一下那堆干草，耸了耸肩膀，似乎觉得自己这么草木皆兵未免有点儿可笑。那干草堆纹丝不动，孩子也镇静如常，丝毫未动声色。

队长和他的部下到了山穷水尽的境地，无可奈何，早已把目光转向那片平原，似乎准备从原路打道回府。队长虽已知道威逼恐吓对马铁奥·法尔戈内的少爷不能奏效，但心里仍想作最后一次努力，何不试试哄骗与利诱的法子呢？

"小表侄，"他说，"我觉得你是个挺聪明的小伙子，将来必成大器。可是，你在跟我耍滑头。如果我不是怕我的老表马铁奥难受的话，我就会不管三七二十一，非把你抓走不可。"

"得了吧！"

"等我的老表回来后，我要把这件事告诉他。他为了惩罚你撒了谎，一定会用鞭子抽得你出血。"

"真的吗？"

“你等着瞧吧……不过，噢！只要你乖乖地听话，我就给你一样东西。”

“表叔，我嘛，倒要给您一个忠告，如果您再在这里耽误时间，那强盗便会逃进丛林，到那时，要进去搜捕他，就得再增加几个像您这样胆大的壮汉。”

队长从口袋里掏出一块银质怀表，它要值十个埃居。他发现小福尔菊纳多一见这表就眼睛发亮，便提着挂在银表上的钢链，对孩子说：

“小滑头！你一定想有这么一块表，把它挂在脖子上，到维基奥城里大街上，得意扬扬，走来走去，那时，大家一定会问你：‘现在几点钟呀？’你就可以回答说：‘瞧瞧我的表吧。’”

“将来我长大以后，我那位班长叔叔肯定会送我一块表。”

“那倒不假，但是你那班长叔叔的儿子，现在就已经有一块表啦，那孩子比你还小哩……说实话，他那一块还没有我这一块好看。”

福尔菊纳多叹了口气。

“怎么样，小表侄，你想要这块表吗？”

孩子斜着眼窥视着那表，那神情就像一只猫面对着送到嘴边的一只小鸡，它以为主人在故意逗它，不敢伸出爪子去抓，还不时把目光挪开，唯恐自己经不住诱惑，但又情不自禁地老舔嘴唇，似乎在对主人说：“您这个玩笑未免太残酷了。”

但是，队长却像是诚心诚意要把这块表送给他。福尔菊纳多并没有把手伸出去，只是苦笑了一下，对队长说：

“您为什么故意逗我？”

“我的天哪！我不是在逗你。只要你告诉我那强盗藏在哪里，这块表就是你的了！”

福尔菊纳多笑了笑，表示不相信，他那双乌黑的眼睛紧盯着队长的眼睛，一心想弄清楚他的话是否有诚意。

“如果你答应了我的条件而我不把表给你，那就让我丢掉官职吧！在场的弟兄们都可以做证，我不能说话不算数。”队长大声嚷道。

他一面这么宣称，一面把表递了过来，越递越近，几乎快碰上那孩子苍白的脸蛋了。孩子的脸色表明，他内心里正在进行激烈的斗争，一方面是对那块表的贪婪，另一方面是对避难客人应有的诚信。他裸露的胸膛急剧地起伏着，似乎快要喘不过气来了。而那块表却不停地在晃来晃去，转转悠悠，好几次都碰上了他的鼻尖。终于，他慢慢把右手伸出去，指尖碰到了那块表。现在，那块表整个已经落进了他的掌心，但队长仍然抓住表链的末端，并未撒手……表面是大监色的……表壳刚擦拭过不久……在太阳光照射下，亮闪闪的，如一团火焰……它对孩子的诱惑实在是太强烈了。

福尔菊纳多举起他的左手，用拇指从肩上朝他身后那堆干草指了指。队长立即撒手松开表链，福尔菊纳多顿时便感到自己已经成为那块表的唯一主人，于是，迅速站了起来，敏捷得像一头鹿，赶紧从草堆旁闪开，站到十步开外。士兵们立即上前去搜索那堆干草。很快，只见那草堆一动，一个满身血污的人钻了出来，手里仍握着一把匕首。他想站立起来，但身上的伤口已经凝出了血痂，使得他无法直立。他倒了下去，队长便扑上前夺下他的匕首。尽管他极力反抗，但很快就被捆绑得结结实实。

那强盗像一捆柴似的躺在地上，他转过头来，向走近的福尔菊纳多骂道："狗娘养的……"他的咒骂中蔑视多于愤怒。

孩子把从他那里得到的那枚银币掷还给他，觉得自己不配得到这个好处。但那强盗对他这一举动不屑一顾，只是很冷静地对队长说：

"亲爱的甘巴，我走不了路啦，您得把我背进城去。"

"你刚才跑得比狍子还快，"队长大人冷酷地驳了他一句，"不过，你放心好了，能逮住你，我实在太高兴了，即便背着你走上几公里也不会累。再说，好伙计，我们会用树干与你的斗篷替你做一副担架，到了克莱斯波里农庄，我们就可以弄到马了。"

"好吧，"那阶下囚说道，"请你们在担架上铺些干草，让我舒服点儿。"

士兵们忙忙碌碌，一些人用栗子树的枝干做担架，其他人为那强盗包扎伤口。正在这当儿，突然之间，马铁奥·法尔戈内与他的妻子，在一条通往丛林的小路拐角处出现了。那女人背着一大口袋栗子，弯着腰吃力地往前走，而她的丈夫则大摇大摆，只在手里握一支枪，肩上另挎一支，因为这地方的男子汉除了拿枪外，其他什么也不拿，否则有失身份。

马铁奥一看见士兵，脑子里首先想到的便是，这些士兵是冲着他来的。为什么他有这个念头呢？难道他与官府有什么纠葛？没有。他名声很好，称得上是一个"有声望的人物"。但他毕竟是科西嘉人，是彪悍的山民，而一个科西嘉山民，只要好好回忆一下，总能想起自己没少犯过开枪、动刀、打架之类的事情。马铁奥比任何人都更有自知之明，因为十多年来，他并没有用枪对准过任何人。即便如此，他仍然小心翼翼，摆好架势，准备必要时进行自卫。

“老婆，”他吩咐吉乌赛芭道，“把口袋卸下，做好准备。”

他的妻子立即照办。马铁奥把自己挎着的那支枪交给她，以免开火打起来时妨碍行动。接着，他给手里的枪装上弹药，挨着路旁的大树向自己的屋子走去，准备一旦对方稍有敌意的迹象，便扑倒在最粗壮的一棵树干后面，以树干为掩护向对方开火。他的妻子紧跟着他，提着他那支备用的火枪与子弹袋。一个能干的老婆在战斗中的职责就是替丈夫往枪里装弹药。

队长看见马铁奥举着枪，一步步地走了过来，不禁提心吊胆，他想，如果万一马铁奥是那强盗的亲戚或朋友而想进行救援，他的两支枪准可以击中自己这伙人当中的任何两个，就像把信投入邮箱里一样轻而易举，而如果他不顾亲戚情分向自己瞄准，那就完了……

在犹豫不决、不知所措之中，他毅然作出了一个勇敢的决定，那就是自己只身迎上前去，像一个老朋友那样把事情的经过向马铁奥和盘托出。但他觉得他与马铁奥之间那段短短的距离，却漫长得可怕。

“喂！喂！老朋友，”他大声嚷道，“你好吗？兄弟①，是

① 科西嘉人见面时打招呼的用语。——作者原注

我呀，我是甘巴，你的表弟。”

马铁奥停下脚步，一言不发。随着队长的喊话，他把枪口慢慢向上抬起，等到队长走到了他的跟前，枪口已经完全朝天了。

“你好，兄弟，”队长说着把手伸过来，“很久没有见到你了。”

“你好，兄弟。”

“我是路过此地来向你和表嫂贝芭①问好的。我们今天赶了很长一段路，可是累得很值，因为收获很大。我们刚刚抓到了吉阿内托·桑彼埃罗这个强盗。”

“谢天谢地!”吉乌赛芭叫了起来，“上个星期，这贼还偷走了我家一只奶羊哩!”

甘巴队长听了这两句话很高兴。

“可怜的家伙，”马铁奥说，“他一定是饿着肚子的。”

“那浑蛋顽抗得像一头狮子，”队长有点儿诉苦似的答道，“他杀了我的一个弟兄，还嫌不够，又打断了夏尔东上士的胳臂。不过这算不了什么，那个上士是个法国人……干完这些事后，他就藏起来了，藏得神不知鬼不觉，要不是有小表侄福尔菊纳多的指点，我是永远也找不到的。”

“福尔菊纳多!”马铁奥惊叫了一声。

“福尔菊纳多!”吉乌赛芭也惊叫了一声。

“是的，那贼人藏在那边一个干草堆里，小表侄向我戳穿

---

① 吉乌赛芭的昵称。

了他的花招儿。因此，我一定要把他这个功劳告诉他的班长叔叔，让他叔叔送给他一件漂亮的礼物作为奖赏。我还要把你和小表侄的名字写进报告，呈交给代理检察长。”

“真该死！”马铁奥低声咕哝了一句。

这时，他们走到那一队人马跟前。吉阿内托·桑彼埃罗已经躺在担架上，即将被押解动身。当他看见马铁奥与甘巴队长走在一起时，便怪笑了一声，并回过头去，朝马铁奥家的房子的门槛啐了一口唾沫，骂道：

“叛徒窝！”

只有不想活的人，才敢对马铁奥口出此言。他要回敬此等侮辱，只须拔出匕首扎过去，无须再补扎一刀。但马铁奥并没有这样做，而是用手托住额头，显得心情沉重。

福尔菊纳多见父亲回来了，便走进家里，很快就端了一碗牛奶出来，两眼低垂，把奶递给吉阿内托。

“滚开！”囚徒怒喝一声，如同一声霹雳。

接着，他却转向一个士兵说：

“朋友，给我点儿水喝！”

那士兵把水壶递给他，他便把水喝了，没有计较刚才追捕时那士兵跟他交过火的前嫌。而后，他又请求不要将他的双手绑在背后，而是改捆在胸前。

“我喜欢躺得舒服点儿。”他说。

士兵们赶紧满足了他的要求。接着，队长下令动身回营，他向马铁奥道别，马铁奥没有搭理。队长便加快步伐往平原方向走了。

过了将近十来分钟，马铁奥才开腔说话。孩子惶恐不安，时而看看母亲，时而又看看父亲。父亲则拄着火枪，满腔怒火地逼视着儿子。

“你干的第一桩事很漂亮嘛！”马铁奥终于说了这么一句，声调平和，但了解他性格的人，听起来却不寒而栗。

“爹。”孩子叫了一声，噙着眼泪走近他，就要跪倒在他膝下了。

马铁奥朝他大吼一声：“别靠近我！”

孩子停步下来，呜咽而泣，僵立在那里，离他父亲几步远。

做母亲的走过来了，她刚刚发现儿子衬衣里露出一截表链。

她厉声问道：“这块表是谁给你的？”

“队长表叔给的。”

马铁奥将表一把夺了过来，使劲儿往石头上一扔，将表摔得粉碎。

“老婆，这孽种是我的儿子吗？”他问道。

孩子的母亲一听此言，原本褐色的脸颊一下涨成了砖红色。

“你在说什么呀？马铁奥，你怎么能这么跟我说话？”

“既然是，那么这儿子就是咱们家族里第一个出卖朋友的叛徒。”

福尔菊纳多哭得更厉害了。马铁奥那狠狠的目光始终盯着儿子。终于，他把枪托往地上一撞，然后扛起枪就走上去丛林的小路，并喝令福尔菊纳多跟着他走。儿子乖乖地服从了。

做母亲的追上马铁奥，抓住他的胳臂。

“他是你的儿子啊！”她声音颤抖着对马铁奥说，同时用自己黑沉沉的眼睛紧盯着丈夫的两眼，似乎想看出马铁奥内心里是怎么想的。

“你别管我，”马铁奥命令道，“我是他的父亲。”

吉乌赛芭拥抱了儿子，然后哭着回屋了。她跪在圣母像前，虔诚地进行祈祷。这时，马铁奥已经沿着小路走了二百来米，到了一个小山沟。他用枪托试了试地面，发现泥土松软便于挖坑，觉得这个地点便于将自己的意志付诸实现。

“福尔菊纳多，到这块大石头旁边去！”

儿子照他的命令做了，然后跪了下来。

“念经吧。”

“爹，爹，不要杀我。”

“念经吧。”马铁奥又说了一遍，声音很可怕。

孩子呜咽着，结结巴巴地背诵了《天主经》与《信经》。他父亲在他背到每一段的末尾时，便大声回应一句“阿门”。

“你会背的经文就这些吗？”

“爹，我还会背《圣母经》，还有婶婶教我的祈祷文。”

“那要背好半天，别管了，念吧！”

孩子用细微的声音念完了祷文。

“你念完了吗？”

“噢，爹，饶了我吧，宽恕我这一次，我再也不敢了！我一定会去拼命恳求班长叔叔，要他饶了被抓的吉阿内托！”

他的哀求还没完，马铁奥已经把弹药装进枪膛，一面瞄准儿子，一面对他说：

“愿天主宽恕你！”

孩子绝望地挣扎着想站起来，去抱自己父亲的双膝，但已经来不及了。马铁奥扣动扳机，孩子应声倒地而亡。

马铁奥对尸体不看一眼，掉头就往家里走去，准备拿一把铁锹来埋葬儿子。他刚走了几步，便碰见了听见枪声即惊恐奔来的吉乌赛芭。

“你干了什么呀！”她惨叫了一声。

“伸张正义！”

“他在哪儿？”

“在山沟里。我马上去把他埋掉。他是按基督徒的方式去死的，死前念了经。我会请人为他做一台弥撒的。去通知我的女婿迪奥多罗·比安契，要他搬来跟咱们一起住。”

# 费德里哥得道升天[1]

从前，有一个贵族少爷，名叫费德里哥，容貌俊秀，身姿挺拔，且风度翩翩，性情温和敦厚，但生活放荡，德行败坏。声色犬马，他爱之入骨；醇酒美人，他迷醉难舍。特别是狂赌豪博，更无节制。他从不做忏悔，倒是经常出入教堂，只不过是去寻找放浪无行、为非作歹的机会而已。他曾经在赌博中赢

① 此乃中世纪末流传在那不勒斯王国的一个故事，与流传在该地区的其他许多民间传说一样，也是希腊神话与基督教信仰的一种奇妙的结合体。——作者原注

了十二个良家子弟，害得他们倾家荡产，一贫如洗，此十二人旋即沦为盗匪，在与皇家雇佣兵的一次激战中全都丧了性命，死前均未做忏悔。不久之后，费德里哥亦遭报应，将赢得的钱财输得一干二净，祖传产业也同时丢失殆尽，仅剩下一个位于卡瓦镇群山背后的小庄园。他只得在此安身，贫苦度日。

他过着冷寂的生活，白天出门打猎，晚上在家与佃户玩牌，如此过了三年。有一天，他在外打猎，猎获之多前所未有。刚一回到家里，耶稣基督带着圣徒前来敲门求宿。费德里哥生性好客，慷慨热诚，见有嘉宾光临而自己恰又有美味在手可款待来客，自然不胜欣喜。当即，他请客人进屋入座，以无与伦比的殷勤备席设宴，并称事出仓促，准备不足，恳请贵客原谅招待失周。耶稣心明如镜，知此次来访实碰上了一个大好时机，而东道主又如此殷勤，便对他这种虚荣摆阔的小伎俩不予计较。

“我们要求甚低，粗茶淡饭足矣，”他老人家这么说，“不过，请你叫人尽快把晚饭做好，因为天色已晚，而这一位已经饿极了。”基督说着指了指圣彼得。

费德里哥不等耶稣基督再次催促便立即照办，除了他所猎获的野味之外，他还想让客人们尝点儿别的什么，便吩咐佃户把他最后一只小山羊宰掉，马上拿到火上去烤。

晚餐准备停当，客人们入席就座，费德里哥犹感美中不足，那就是他的酒还不够好。

他对耶稣基督敬酒说：“大人，在下无佳肴可奉，聊敬薄酒一杯。”

听了此言，耶稣品了品那酒，抚慰费德里哥道：“你还客气什么？这酒的质量挺好的嘛，我要此人来品尝品尝。”

说着，他指了指圣彼得。

圣彼得奉命品酒，连声赞道：“好酒，好酒，Proprio stupendo①。”他请主人与他共享。

费德里哥虽然认为这一切皆为客套，却仍按那位圣徒的要求欣然干杯。可一饮之下，他竟然发现此酒比他过去荣华富贵之日所享用过的任何美酒都更为香醇！受此启发，他立即感悟到救世主就在他眼前，于是赶紧起身，表示自己没有资格与圣人们同桌进餐，但耶稣令他重新坐下，他也就恭敬不如从命了。主客进餐之际，自有佃户及其女眷在旁伺候。用毕晚餐，耶稣基督与圣徒们去了为他们准备的房间。剩下费德里哥与两个佃户，他们一如往常玩起了纸牌，并品味剩余下来的神酒。

次日，圣人们到楼下厅堂与主人相聚，耶稣基督对费德里哥说：“我们对你的款待非常满意，想有所回应以表谢意。你可以随意向我们提三个要求，我们都会答应你的，因为我们拥有在天上、人间与地狱至高无上的权力。”

于是费德里哥从口袋里掏出他总是随身带着的那副纸牌，说：“主啊，让我每次使用这副纸牌都能赢钱吧！”

“如你所愿。”耶稣恩准道。

但站在费德里哥身旁的圣彼得低声对费德里哥说：“你想到哪儿去啦，可怜的罪人！你应该请求我主拯救你的灵魂

---

① 拉丁文，意为：妙不可言。

才是。”

“灵魂不灵魂，我倒不在乎。”费德里哥回答说。

“你还可以提两个要求。”耶稣基督继续施恩说。

“主啊，”费德里哥接着提第二个要求，“既然您大发慈悲，那就请您再恩准一事，让任何一个爬上我家门前那棵橙树的人，只要得不到我的允许就永世下不了树。”

“如你所愿！”耶稣又恩准了。

圣彼得听了这番话，用胳膊肘碰了碰身边的费德里哥说：“可怜的罪人，你已经作孽多端了，难道不怕下地狱吗？赶快请求仁慈的主在他神圣的天堂里给你留块地方……”

“这事不急。”费德里哥一边从圣彼得身边走开一边说。

此时，耶稣又发话了：“你的第三个要求是什么？”

“我希望，不管是谁，只要在我壁炉旁边这张板凳上坐下，没有我的同意，他就站不起来。”

耶稣像恩准前两个要求一样，又恩准了这一个，然后，领着他的诸位圣徒走了。

最后一位圣徒刚一走出门口，费德里哥就想试一试他那副纸牌是否灵验。他把佃户叫过来跟他玩牌，故意对自己手里的牌看也不看，闭着眼睛赌。果然，他轻而易举就赢了第一局，接着，他又这样赢了第二局、第三局。对这副纸牌确有把握之后，他便动身进城，在一家最高级的旅馆住下，租了一套最豪华的房间。他回来的消息不胫而走，他过去那些酒肉朋友便成群结队前来拜访。

“我们都以为你老兄永远消失了呢，”唐朱瑟普惊叫道，

"大家都说，你退出红尘了！"

"此话说得有理。"费德里哥答道。

"三年不见，这么长的鬼日子，你老兄是怎么打发的?"其他所有的人都不约而同地这么问道。

"整天祈祷呀！我亲爱的弟兄们，"费德里哥以虔诚的语调这么答道，"你们瞧瞧，这就是我的祈祷书。"说着，他从自己的口袋里掏出了他珍藏的那副纸牌。

他的回答引起了哄堂大笑，人人都认为，他准是在异国他乡赢了钱发了财，而输给他的那些人肯定要比原来赢了他的那些老牌友赌技低。而今故友再次重逢，老哥儿们恨不得再赢他一把，叫他重新破产。其中有几位急不可待，就要把他拉上牌桌，但费德里哥求他们把赌局推迟到晚上，并邀请大伙儿去另一个大厅进餐，原来他早就命人在那里备好了一桌美酒佳肴，此举，自然受到了客人的欢迎。

这次宴会比招待圣人们的那顿晚饭要热闹欢快得多。他们只喝两种上等名贵的葡萄酒，众人都觉得其味美不胜收，前所未有，只有费德里哥一人例外，因为他品尝过一次神酒。

在客人们来到以前，费德里哥早就准备好了另一副纸牌，与他原来的那副神牌一模一样，准备在以神牌赢了三四局之后，换上这一副牌故意输一局，以便使得对手们不对他起疑心。他把这两副牌分别放在他左手边与右手边。

用毕晚餐，这一群高贵人士便围坐在一张铺着绿毯的赌桌旁。费德里哥先把那副平凡的纸牌放在桌上，把赌注的金额规定为一个合理的数目，以适应整个赌博过程。为了刺激自己的赌兴，也为了检验自己赌技的实际水平，他在头两局中使出了浑身解数，不料全都输了，为此他懊恼不已。于是，他命人把酒端上桌来，趁那几个赢了钱的赌友开怀畅饮庆祝已经取得和即将取得的战果的时候，他一手扔下那副平凡的纸牌，一手将那副神奇的纸牌换上。

第三局开始了，费德里哥再也用不着去专注赌局，他彻底放松，有充分的闲工夫去观察他那些对手，并发现了他们暗中捣了鬼。这一发现使得他感到正中下怀，因为他以后可以心安理得用神奇的纸牌把他们的钱袋赢个精光。可见，他自己以前的倾家荡产，正是这些对手在赌局中作弊的结果，而不是因为他们牌术高明或手气好，由此，他对自己的赌技也有了较高的评价，而从他最早在赌场上无往不胜的战绩来说，他的实际能力也应该得到高度的评价。

自信心至关重要，试问，有哪一桩事不需要自信心呢？自信心、复仇信念与必胜把握，是人类内心里三种美滋滋的感觉，现在，费德里哥全都有了。但是，他一回忆自己在赌场上无往不胜的战绩，便会想起那十二个良家子弟，他正是赢了他们才发家致富的，而今，他深信只有这十二个年轻人才是他所遇见过的诚实的赌徒。于是，他生平第一次因为赢了他们而感到后悔，他脸上兴高采烈的表情顿时蒙上了一层阴影。在赢了第三局时，他深深地叹了口气。

接着，又赌了好几局，费德里哥毫不心软，设法赢得更多。这样，第一个晚上，他便赢到手一大笔钱，足够支付当晚的酒宴与整整一个月的房租。他适可而止，鸣金收兵。倒是他的对手们心有不甘，怏怏罢手，临走时声言明日一定再战。

第二天与以后一连好几天，费德里哥控制输赢很有分寸，因而在短短的几天里便发了一大笔财，而谁都没有发现其中的奥妙。于是，他离开旅馆，住进一座更为豪华的府邸，并不时大摆宴席，招待宾客。当地最美貌的名媛贵妇都争相博得他的一顾，他每天都以最精致的美酒佳肴款待客人，他的府邸成了闻名遐迩的社交游乐中心。

他在赌局中一直谨慎从事，收放有度，就这样过了一年之后，终于决定将他的复仇推向极致，也就是把当地一些主要的财东的钱袋赢个精光。为了实施这个计划，他把自己大部分钱财都换成宝石，提前一个礼拜邀请财东们出席一个不同寻常的宴会，并请了最著名的乐师与舞者前来助兴。宴会一结束，便举行了一场下注最大的豪赌。于是手头拮据的人纷纷向犹太人借现款，富裕的人则竭其所有，结果，所有这些人都输得一干二净。当天晚上，费德里哥便席卷了他所赢得的金银珠宝远走高飞了。

从这一次起，他便给自己立下了一条规矩，只跟那些心术不正的人才用神牌进行他必胜的赌博，至于其他赌徒，他相信凭借自己实际的赌技就可以对付了。就这样，他走遍了全世界各个城市，走到哪里，便赌到哪里，而且每赌必赢，还尝遍了各个地方的美味佳肴。

可是，他老是念念不忘输给他的那十二个倒霉蛋。只要一想起他们，他就兴致索然、心情晦暗。终于有一天，他下定决心要去地狱里拯救他们，否则便与他们同归于尽。

决心已定，他便拄着一根拐棍，背上行囊，动身前往地狱，身边带着他心爱的那条母猎犬马舍赛拉。到了西西里岛①，他登上吉贝尔山②，然后从火山口下去，一直下到最底层，其深度正相当于从彼德蒙德平原到山顶的高度。从那里到普鲁东③的所在处，必须穿过刻耳柏洛斯④看守着的院子。费德里哥趁刻耳柏洛斯跟他那条母猎犬逗乐的时机，很容易就穿过了院子，去敲响了普鲁东的房门。

有人把他带到普鲁东的面前。

“你是谁?”地狱之神问他。

“我是赌徒费德里哥。”

“你到这里来搞什么鬼名堂?”

“普鲁东，”费德里哥答道，“敝人有人间第一赌徒之美誉，如果阁下认为我有资格与你一赌，在下提出一个建议：阁下想赌多少局咱们就赌多少局。只要我输一局，你就可以取走我的灵魂，把它当作你的私有物，就像阁下王国里的惯例那样；但敝人如果赢了，便有权在阁下的臣民里挑选一个带走，每赢一局就带走一个。”

“好吧。”普鲁东应允道。

于是，他叫人去拿一副纸牌来。

“这儿已经有一副。”费德里哥赶紧说，并立即从口袋里

---

① 位于意大利南端，传说乃地狱所在地。

② 西西里岛上著名的火山，其更为通行的名字是埃特纳火山。

③ 罗马神话中的地狱之神。

④ 罗马神话中看守地狱大门的恶犬，长着三个脑袋。

掏出他那副神奇的纸牌。

他俩就赌起来了。

费德里哥赢了第一局，他便向普鲁东要了斯泰法诺·巴加尼的灵魂，此人是他想拯救的十二个良家子弟中的一个。普鲁东立即兑现交割，费德里哥接下了此人的灵魂，把它放进自己的行囊之中。接着，他又赢了第二局、第三局，一直赢了十二局。每赢一局，他就得到一个他想拯救的灵魂，将它放进行囊。当他赢够了十二个之后，他向普鲁东建议继续赌下去。

普鲁东答道："好呀。"其实他已经输得不耐烦了，他找了个借口摆脱费德里哥说，"不过，咱们先出去一会儿，这里不知道冒出了一股什么臭气。"

当费德里哥背起行囊与其中的灵魂，刚走出门口，普鲁东便竭尽全力大叫一声："关门!"

费德里哥重新穿过地狱的院子，三个头的恶犬刻耳柏洛斯没有来纠缠，因为它被那条母猎犬马舍赛拉迷住了。费德里哥好不容易才从地底爬上吉贝尔山顶。他向他的猎犬大喊了一声，马舍赛拉很快就回到了主人的身边。于是，费德里哥动身启程，回到了墨西拉①。这一次他大获全胜，满载而归，带回了十二个灵魂，感到心里充满了前所未有的欣喜欢快，那是以往他在人世任何一次赌局的胜利所不能比拟的。到了墨西拉之后，他又上了船直返自己在大陆的故居，解甲归田，安享晚年。

---

① 西西里岛上的一座城市。

（从地狱回来数月后，费德里哥的母猎犬产下了一窝小怪物，其中有几只还长着三个脑袋。主人把它们全扔进了水里。）

三十年后，费德里哥年已七十岁，死神走进他的家里，叫他清理清理他的灵魂，因为他的死期已到。

“我已经准备停当啦，”临死的费德里哥说，“可是，死神呀，我求求你，在把我带走以前，请你到我门前遮阴的那棵树上摘一个果子给我吃。只要再有这么一点儿小小的享受，我就死也瞑目了。”

“如果你只有这么一个要求，”死神说，“我倒乐意满足你。”

说罢，死神便爬上那棵橙树采了一个橙子。但他要从树上下来，却怎么也办不到。没有费德里哥的同意，谁能下得来呢？

“哎哟，费德里哥，我上了你的当，”死神大呼倒霉，“现在我被你捏在手里，不过，如果你还给我自由，我就让你再多活十年。”

“十年！真不少呀！”费德里哥逗笑说，“我的乖乖，如果你想下来，就得再慷慨一点儿。”

“让你多活二十年。”

“你开玩笑！”

“多活三十年！”

“你还没有达到三分之一的数呢。”

“难道你想再多活一百年?”

“正是，亲爱的。”

“费德里哥，你蛮不讲理。”

“有什么办法呢，我想活下去呀!”

“好吧，那就一百年吧，”死神无可奈何地叹道，“只好如此。”

说罢，死神立即就从树上下来了。

死神一走，费德里哥便雀跃而起，精神抖擞，体能充沛，开始过起一种新的生活，既如青年人那样充满活力，又如老年人那样富于经验。关于他重获生命之后的情况，人们所知不详，仅仅知道他继续纵情享乐，特别是肉体官能的享受。有机会他也做点儿好事，但再也不像前辈子那样，在乎自己灵魂得救的问题。

又过去了一百年，死神再次来敲他的门，发现他正躺在床上。

“你准备好了吗?”死神问他。

“我已经派人去找我的神父了，”费德里哥回答说，“请你坐在火炉旁边等他来吧，我只等获得上帝的宽恕后，就跟随你去阴曹地府。”

死神很实诚，便坐在板凳上干等。整整一个小时过去了，仍不见神父的踪影。他终于开始不耐烦了，便对费德里哥说：“老头儿，我是第二次来找你了，咱俩有一百年未见了，你还没有把你的灵魂清理好吗?”

“实不相瞒，我有好多好多其他事情要做。”老头儿带着嘲讽的微笑说。

“那好吧，”死神对他这种目无宗教的态度甚为恼怒，“那你一分钟也别想再活了。”

“算了吧，”费德里哥眼看死神想站却站不起来，便揶揄道，“我知道你天性随和，不会不让我再多活几年。”

“再多活几年？你这个卑鄙小人！”死神拼命挣扎，也没能离开壁炉。

“是的，就这个条件。不过，这一次我要求并不过分，我并不奢求长生不死，第三次生命我只要四十年就够了。”

死神眼见自己像上次一样又中了招儿，被一种神奇的力量吸在板凳上起不来，不由得火冒三丈，什么也不肯答应。

“我知道有一个办法能使你变得通情达理。”费德里哥说。

说罢，他叫人把三大捆柴扔进壁炉，顿时，炉里烈焰熊熊，把死神烤得灼热难耐。

“行行好吧！行行好吧！”死神觉得自己那把老骨头快要被烤焦了，急得大声求饶，“我答应你四十年没灾没病就是。”

一听此言，费德里哥立即解了神法，死神被烤得焦头烂额，终于狼狈而逃。

又过了四十年，死神又来找费德里哥。费德里哥正背着一个行囊，镇定自若地等候着呢。

“这回你的死期到了，”死神闯进来对他说，“这次你可跑不掉啦，但你背着这行囊干什么呀？”

“这行囊里装着我十二个赌友的灵魂，是我早先从地狱救出来的。”

“那就让他们跟你一道再回地狱去吧。”死神说。

说着，死神一把揪着费德里哥的头发，腾空而起，向南方飞去，带着这批猎物一头扎进了吉贝尔火山口。来到地狱的门前，他连敲了三下。

“谁呀？”普鲁东问道。

“赌徒费德里哥。”死神答道。

“别开门，”普鲁东大声叫道，因为他想起了自己曾经连输十二局那件事，“这坏蛋会把我王国里的臣民都赢走。”

既然阎王老子拒绝开门，死神便将一行俘虏带到炼狱①的门口。没料到守门天使也拒不接纳，因为他发现费德里哥身负大罪，不符合入炼狱的标准。死神遣送无门，只剩下天堂可去。虽然他对费德里哥恨之入骨，但无奈之下，也只能极不情愿地将他送往天堂。

死神把费德里哥往天堂门口一放，圣彼得查问赌徒：“你是何人？”

“我是曾经招待过你的人，”费德里哥答道，“就是曾经用野味待客的那个人。”

“你现在这副德行，居然敢到这儿来？”圣彼得嚷嚷道，“你难道不知道你这种人是没有资格进天堂的？什么！你连炼狱也不配进去，竟想到天堂里来占个席位？”

---

① 根据天主教传说，炼狱是一个涤罪的所在，生前犯有小罪的人，必须先在炼狱中吃苦受罪，待把罪恶涤尽后才能上天堂。

“圣彼得呀，”费德里哥央求道，“大约一百八十年前，当您和您神圣的主到我家来投宿，我是这样接待你们的吗？”

“你所说的倒是千真万确。”圣彼得心里有所松动，却仍然用责备的语气说，“可是我不能自己做主就把你放进来呀，我去禀告耶稣说你来了，看他怎么说吧。”

耶稣闻讯后，立刻来到天堂门口，见费德里哥跪在门槛上，还带着十二个灵魂，左右两边各跪六个，不禁动了恻隐之心，便对费德里哥说：

“你进来还情有可原，但这十二个灵魂本该下地狱的呀，凭良心我不便让他们进来。”

费德里哥恳求道：

“怎么啦，我的主，想当年我有幸在舍下接待您老人家的时候，您不是也带着十二位随从吗？我不是也竭诚款待了您老人家和您全部的随从吗？”

耶稣叹道：

“拿这么一个人有什么办法呢？既然你们已经全来了，那就进去吧。可是，你们不要颂扬我赐给了恩典，因为下不为例，此风不可长。”

# 一赌失足千古恨

船帆紧贴着桅杆沉沉垂下，纹丝不动。海面波平如镜，暑气逼人，周遭一片死寂。

在海上长途旅行中，船主所能提供的一切娱乐消遣方式，很快就都被客人玩腻了。大家在一间一百二十法尺长的木头房子里，一同度过了四个月之后，彼此都混得太熟了。只要看见大副走过来，你就会知道他即将向你大谈他的老家里约热内卢，然后就要谈那座有名的埃斯林格桥①，那是禁卫军中的水

① 埃斯林格是维也纳附近的一个村庄。1802 年，拿破仑大军在此大胜奥地利军队。

兵修建的，他当时就在这支队伍里。只要你在船上待够了半个月，大副在叙述中喜欢用什么词语、讲到哪里略事停顿、声调的抑扬顿挫如何掌握，你就会全都了如指掌。如他在叙述中第一次提到皇帝①这个字眼时，万一忘了神情悲凉地略微停顿一下，他就会毫无闪失地立即弥补一句："要是你们当时能目睹他的风采就好了！"其语气如此强烈，就像用了三个感叹号。接着，他所叙述的总是那个军号手跟他那坐骑的小插曲，还有一枚炮弹如何反弹回来炸飞了一个子弹盒，盒里竟装着价值七千五百法郎的金银珠宝……二副则是船上的大政治家，他每天都对他从布雷斯特②带来的最近一期《立宪报》发表评论；要不然，他从高不可攀的政治话题屈尊降格至文艺领域，对他上次看过的一出歌舞剧大发高论以饱你的耳福。我的天呀！……事务长则总是讲一个十分有趣的故事。他第一次给我们讲述他从卡狄斯③囚船上逃跑的经历时，我们都听得入迷！但是，听了二十遍以后，说实话我们大家就都受不了啦！……还有船上那些海军中尉与准尉！……只要一回想起他们的谈话，我就毛骨悚然。至于那位船长，总的来说，他是船上最不令人讨厌的人。作为一个独断专行的指挥者，他对自己的下属都持有挑剔的态度。他故意找碴儿，不时采取压制手段，不过，人们也有一个解气找乐儿的法子，那就是背后骂他一顿。他对下属总有

① 指拿破仑。
② 法国西北部的港口。
③ 西班牙在大西洋海岸的军港。

谬悖无理之举，下属一发现他的荒唐可笑，自然就会幸灾乐祸。

我乘坐的那只舰船上的军官们都是世上的精英，他们个个性情和善，相互友爱，情同手足，但是，在船上他们倍感无聊，一个个无精打采。船长倒成为了他们之中最和蔼可亲的人，丝毫不令人生烦，这种情况实属罕见。每当他独断专行、发号施令的时候，他都出于无奈，迫不得已。即便如此，我还是觉得旅途太长，不胜其烦，特别是因为只要几天便能抵达岸上的时候，偏偏碰上海面微风不兴。

一天，为了消磨时间，我们尽量把用晚餐的时间拖延得老长老长，餐后，大家都聚集在甲板，等着观看每天千篇一律但又壮丽辉煌的海上落日景象。有的人在抽烟，另一些人则在第十几二十次阅读从藏书仅寥寥二三十册的图书室里借来的书。人人不断打哈欠，打得直流眼泪。坐在我身边的一个少尉，在一本正经地玩弄着一把海军军官着便装时通常佩带的匕首。他将匕首尖端朝下，让它垂落在木制的甲板上。找乐儿消遣的法子各有不同，这也算是一种，它要求有一定技巧，才能使匕首尖端垂直扎进木板。我也想跟着玩一把，可惜没有匕首，便向船长去借，但船长不肯。他特别珍爱他的那把匕首，见它被用来作如此无聊的消遣，是会生气的。他的这把兵器从前是归一位勇敢的军官所有，后来那名军官不幸在上次战争中阵亡了……我猜想，接下来肯定还有一段故事，果然，不出我所料，船长不用别人要求便讲述了起来。他所讲的罗杰上尉的不幸遭遇，我周围那些军官们早已听得耳熟能详，船长一开讲，他们就都悄悄退席了。以下就是船长所讲述的故事：

当我认识罗杰的时候，他比我大三岁。他是上尉，我是少尉。我向你们保证，他是我们部队里最优秀的军官之一，而且，为人非常和善，有头脑，有教养，有才干，总而言之，是一个很可爱的青年人。可惜有点儿傲气，还容易感情用事，我想，这是因为他是个私生子，总害怕自己的出身会让别人瞧不起。但是，老实说，他总是想出人头地、高人一等，这才真是他最大的缺点。他那从未见过面的父亲给了他一笔扶养费，如果罗杰不是那么仗义轻财的话，这笔钱足可以满足他的日常所需而绰绰有余。但他把自己的钱财都拿来与朋友共享。每个季度，他一领到生活费，谁都装出一副愁眉苦脸的样子前来找他。

“喂，老兄，你怎么啦？”他总是关切地这么问道，“我看你像是囊空如洗了。别犯愁，这是我的钱袋，你需要多少就拿多少吧，然后你跟我一道去共进晚餐。”

布雷斯特来了一个很漂亮的年轻女演员，芳名嘉布莉埃尔，不久就使得不少海军人员与驻防该地的军官拜倒在其石榴裙下。此女子虽然没有完美无缺的天姿，但身段苗条，媚眼流盼，双足纤巧，风姿甚为风骚，自然易于招蜂引蝶，特别是那些二十岁到二十五岁的小青年更是趋之若鹜。此外，据说她还是女性中最为放浪任性的一个尤物，她演戏的台风即证明此言不虚。有的时候，她演得妙不可言，简直就是一个第一流的名角。但时隔一天，在演同一出戏时，她却演得冷淡漠然，死气沉沉，念台词时就像小孩儿被迫背诵宗教经文。使得我们年轻人特别感兴趣的是这样一段有关她的传闻：据说，她曾在巴黎被一位参议员金屋藏娇，这个男人为了她挥金如土。有一天，参议员在她的屋里没有脱帽，她要求他脱下，还怪他对她不够尊重。参议员哈哈一笑，颇不以为然，耸了耸肩，坐在安乐椅上趾高气扬地说："小事一桩嘛，在被我包养的女人家里，我爱怎么样就怎么样。"嘉布莉埃尔一听此不逊之言，扬起玉手就是一个耳光，把参议员的帽子扇到了房间的一个角落。从此，两人彻底决裂。不少银行家和将军也都曾愿意高价包养她，但她均一概拒绝，宁愿当一名女伶，据她说，是为了活得独立自由。

罗杰见过她并得知她的往事以后，就认定这名女子跟自己是一个脾性，实乃地造一双。我们这些水兵言行一贯坦诚直率，世人往往视为粗鲁有余、文雅不足，罗杰正是以这种直白的方式来表达他对这名美貌女子的一见倾心，且看他的所作所为：他把布雷斯特最美丽、最稀罕的鲜花全都买来，用漂亮的粉红丝带扎成一束，又在丝带的打结处十分巧妙地放进二十五个用纸卷在一起的拿破仑金币①，那是他当时手头的全部积蓄。我还记得，是我陪他在幕间休息时去后台的。他言辞简单扼要，赞美嘉布莉埃尔穿上戏装后是如何美丽，接着便献上那一束鲜花，并请求她允许自己以后登门拜访，寥寥三言两语，说完就了事。

嘉布莉埃尔一见那束鲜花与献花的俊秀青年，莞尔一笑，还行一个最为妩媚的屈膝礼，但是，当她接过花束，感觉出其中藏有沉甸甸的金币时，脸色陡然一变，其变化之迅猛，较热带风暴在海面掀起惊涛骇浪有过之而无不及。她使劲将花束与金币朝我那位可怜的朋友头上扔过去。他的脸部因此而挂了彩，后来一个多星期也未能痊愈。正当此时，舞台监督的铃声响起，嘉布莉埃尔匆匆走上舞台，结果把那场戏演得一塌糊涂。

罗杰十分狼狈地把那束花与那卷金币捡拾起来，去咖啡厅将花束送给了柜台上的姑娘，不过并不包括那卷金币。然后，他喝起潘趣酒，想借酒消愁，忘掉那个狠心的女人，但无济于事。虽然他两眼被打肿不能公开露面，心怀怨恨，却对脾气火暴的嘉布莉埃尔更加痴爱入迷。他每天给她写二十封情书！那是多么热烈倾倒的情书啊！百依百顺，柔情似水，顶礼膜拜，给一位公主写信亦不过如此。最初几封信，对方

① 拿破仑时期发行的金币，上有拿破仑头像，每枚值二十法郎。

根本没有拆阅就原封退回来了，其他的亦如石沉大海，杳无回音。罗杰一直心存幻想，直至我们发现了嘉布莉埃尔竟把这些情书扔给剧院里卖橘子的女贩子做包装纸用。她这一招儿实在是刁钻恶毒，对我朋友的自尊是可怕的打击，但罗杰痴情不改，还说自己要向那个女演员求婚，有人提醒他说，海军部长不会同意他这么胡来，他便大叫大嚷说要开枪自杀。

在这期间发生了这么一件事：在一次演出中，一些驻防的步兵团军官，要求嘉布莉埃尔将歌剧中的某一段再唱一遍，这名女演员却使小性子断然拒绝了。双方僵持不下，军官们使劲喝倒彩，台上的幕布急忙落下，女演员也当场晕倒。在一个有军队驻防的城市里，剧场里是何情景，是可想而知的。起哄的军官们约定，第二天以及以后几天，都要继续来给这个得罪了他们的女人喝倒彩，要叫她什么戏也演不成，直到她低头谢罪、赔礼道歉为止。罗杰当时并未在场，但当晚便已听说这件事把整个剧院弄得一团糟，也得知军官们第二天仍有报复的计划，于是，他立即打定了主意。

第二天，当嘉布莉埃尔上场时，军官们聚坐的长凳上突然爆发出震耳欲聋的嘘声与口哨声。罗杰事先故意坐在这些军官的旁边，这时，他站了起来，向那些闹得最起劲儿的家伙破口大骂。顿时，军官们的满腔怒火便转向了他。他倒是冷静下来，从口袋里掏出了记事本，把四面八方冲着他怒吼的人都一一记录在册。幸亏有大批海军军官及时赶到，前来支援他，并向大部分跟他对抗的那些步兵军官一一提出挑战，要不然的话，他就很可能要跟那整个步兵团队约期决斗了。总之，两派剑拔弩张、恶狠对峙，其阵势的确叫人害怕。

当地驻军的全体官兵被明令禁止外出营房已有一些日子，但一旦我们获准自由出入，却有一笔可怕的老账需要了断。我们一共六十多个决斗者如期来到了既定场地。罗杰一人要轮流与三个对手决斗。他刺死了其中之一，重伤了其余两个，自己未伤丝毫皮肉。至于我，远没有他那么幸运。我的对手是个该死的陆军中尉，他曾经当过剑术教师，一剑狠狠刺中了我的前胸，差一点儿要了我的命。我向诸位保证，那次决斗实在蔚为壮观，绝不亚于一次战斗。我们海军大占上风，陆军团队不得不撤离了布雷斯特。

可想而知，我们的顶头上司决不会忘记这场风波的罪魁祸首。罗杰被关了半个月的禁闭。

他的禁闭被解除之日，正是我伤口痊愈出院之时，我去看望他。当我走进他屋子时，不禁大吃一惊：他正和那个女演员亲密地坐在一起共进午餐呢！两人的神情好像已是多年的老相好。他们彼此已用昵称来称呼对方，还共用一只杯子。罗杰把我介绍给她，称我是他最好的朋友，说我在决斗中受伤完全是因为她的缘故。他这么一说，我便获得了美人的一个香吻。这小娘子倒是颇爱赳赳武夫呢。

他们在一起度过了极为幸福的三个月，如胶似漆，形影不离。嘉布莉埃尔爱罗杰似乎到了癫狂的程度，而罗杰则承认，他在与嘉布莉埃尔结缘之前，根本就不懂得爱情为何物。

后来有一天，一艘荷兰的三桅战舰驶进了布雷斯特港口。舰上的军官邀请我们共进晚餐。我们开怀畅饮，享用各种美酒。因为那些荷兰先生法语说得很差，大家在散席之后实在无以消磨时间，于是便开始赌博。荷兰人显得很阔绰，尤其是他们那位大副老是下大额的注，我们之中无人敢跟他对赌。罗杰平时并不赌博，现在，他认为事关维护自己国家的面子。于是，他毅然上阵，荷兰大副要赌多少他都一一奉陪。先赢后输，经过几个回合，双方各有输赢，分手之时谁也没有占什么便宜。我们回请荷兰军官吃晚饭。饭后又赌了起来，罗杰与荷兰大副再度交手。就这么一连好几天，他们两人不断相约对赌，有时在咖啡馆，有时在船上，赌法花样翻新，尤以掷色子的双六棋为主，而且赌注越来越大，最后竟然每局下注二十五个拿破仑金币。这对我们这些清贫的军人来说，可是一笔不小的数目，比两个月的薪水还要多呢！对赌了一个星期之后，罗杰把身上的钱输得精光，外加东借西借的三四千法郎。

想必诸位都猜到了，罗杰已经与嘉布莉埃尔同居，两人的钱财也合成了一个小金库，具体来说，罗杰把刚刚从海上缉私行动中所获得的大笔奖赏放进去了，其数目甚为巨大，相当于女演员所奉献的钱财的十倍二十倍。但罗杰一直把这个小金库视为他情人的所有，自己只留下五十几个拿破仑金币作为他个人的零用钱。可是，为了继续与荷兰大副拼赌，他不得不动用这个小金库。对此，嘉布莉埃尔也毫无怨言微词。

罗杰自己的零用钱输光了，家里的储蓄也消失在豪赌的黑洞里。不久，罗杰只剩下最后的一笔赌本——二十五个拿破仑金币。他苦苦对抗，一局的时间拖得老长，赌得难见输赢。终于，见分晓的时候来了，这时罗杰手执掷色子的皮筒，准备孤注一掷，他必须掷出一个六点和一个四点方能取胜。夜已很深，一个在旁边观战已久的军官终于在安乐椅上沉沉入睡。荷兰大副也疲惫不堪，昏昏欲睡，何况他还喝了很多潘趣酒。只有罗杰在强烈的绝望情绪的刺激下精神仍处于亢奋状态。他战战兢兢把色子掷在棋盘上，因用力过猛，把一根蜡烛震落在地板上。荷兰大副的新裤子上也洒满了蜡烛油，他不由得先转过头去看看蜡烛，然后才去看色子。色子一个是六点，一个是四点。罗杰脸色煞白，像个死人。这一局他赢了二十五个拿破仑金币。他跟荷兰大副继续对赌。现在，我那位可怜的朋友时来运转，但他却不断漏记自己所赢得的分数，把棋子乱放一通，似乎是要故意输给对方。荷兰大副硬撑着把赌注加大两倍、十倍，但每次都输掉了。他当时的样子我至今仍还记得：身材高大，一头金发，表情冷静，面孔像蜡做的一样。他站起身来，共输掉了四万法郎，他付了钱，面不改色。

罗杰对他说：

“今晚这场赌博不算数，您都快睡着了。我不要您的钱。”

“您这是在说玩笑话，”荷兰人冷静地回答，“我赌得很认真，可惜色子都跟我作对。我有把握即使让您四分也能赢您，晚安！”

说完他便走了。

第二天，我们获悉，荷兰大副赌输之后，感到绝望，喝了一碗潘趣酒，便在自己房间里开枪自杀了！

罗杰把赢来的四万法郎放在桌子上，嘉布莉埃尔带着满意的微笑观赏着，她说：

“咱们现在发大财啦，该怎么来花这么一大笔钱呢？”

罗杰没有作声。自从那个荷兰人自杀身亡后，他变得有点儿痴呆了。

“我们得尽情挥霍一番，”嘉布莉埃尔继续说，“得来容易的钱，就应该花得大方。咱们可以买一辆敞篷四轮马车，气气海军军区司令和他的老婆。我还要买钻石与羊毛料子。你请个假，咱俩到巴黎去逛一趟。在现在住的这个破地方，咱们永远也花不完这么多钱！”

她停顿下来，看看罗杰有何反应。只见罗杰呆呆地盯着地板，用手托着脑袋，对她以上这番话完全没有去听，他脑子里似乎有一些不祥的念头在翻腾。

“真见鬼，你怎么啦，罗杰？”她拍了拍他的肩膀，大声问道，“我想你也许在跟我生气，我讲了这么多也引不出你一句话来。”

“我非常难受。”罗杰终于开口，说着轻轻地叹了口气。

“难受？我的上帝，你总不会因为赢了那个大阔佬的几个钱而后悔吧？”

罗杰抬起头来，神色惊慌地看着她。

“有什么关系呢？”她劝慰说，“他想不开，非得拿枪打爆自己的脑袋，这跟你有什么关系呢？我才不怜悯那个输了钱的赌徒。他的钱放在他自己手里还不如转到我们手中好，他不过是把钱花在吃喝与抽烟上，我们则不同，我们要花得别出心裁，而且一次比一次花得漂亮。”

罗杰在房间里来回踱步，脑袋低垂在胸前，两眼半闭，噙满了泪水。如果诸位见了，一定会觉得他实在可怜。

“你知道吗？”嘉布莉埃尔说，“你在这件事上如此多愁善感，不了解情况的人，还会以为你在跟他赌的时候作了弊呢。”

“如果我真作了弊呢?”罗杰走到她跟前，声音低沉地喊道。

“得了吧!”她微笑着说，“你还没有那么聪明，会在赌博中作弊。”

“真的，嘉布莉埃尔，我的确作了弊！我像个下流坯子一样作了弊。”

从罗杰激动的情绪里，嘉布莉埃尔看出他讲的是真话。她在沙发的一端坐着，半天没有说话。

“我宁愿，”她终于非常激动地开口说话了，“我宁愿你犯了十条命案，也不愿意你在赌博中作弊。”

接着是死一般的沉寂，足有半个钟头之久。两人坐在同一张沙发上，互相没有瞧一眼，最后，还是罗杰先站起身来，以相当平静的声调道了一声晚安。

“晚安!”嘉布莉埃尔冷淡而刻板地回了一声。

后来，罗杰告诉我，要不是害怕同伴们猜出原因，他当天夜里就会自杀。他不愿意死后留下可耻的名声。

第二天，嘉布莉埃尔像平日一样快快活活，似乎已经忘掉了罗杰向她坦露的那个秘密。罗杰却变得忧郁沉闷，激动易怒，几乎不出自己的房门，躲避朋友，常常一整天也不和嘉布莉埃尔说一句话。我认为他的忧郁出自他对荣誉感的重视，不过实在有点儿过分，我便多次试图加以劝慰，但是，他却装出一副对那可怜赌友的死毫不在乎的样子，把我打发得远远的。甚至有一天，他突然猛烈攻击起荷兰民族来了，还力图向我证明荷兰人没有一个是诚实的。但他私下里却在打听那位荷兰大副的家庭情况，可惜没有人能够向他提供任何信息。

在这场不幸的赌博之后的第六个星期，罗杰在嘉布莉埃尔房间里，发现某个准尉写给她的一张便条，对她的亲切关怀表示感谢。嘉布莉埃尔凡事马马虎虎，杂乱无章，她把那张便条随手就放在壁炉上。此事是否证明她已有外遇，我很难说，但罗杰认定她已经有了，于是怒不可遏，因为他对嘉布莉埃尔的这份爱与他残存的自尊心，是支持他活在世上的唯有的两种情感，而现在，两者之中最为强烈的一种眼看就要倾毁崩溃！他破口大骂那个自命不凡的女演员，虽然他当时暴怒如雷，却并没有出手打她。

"这个花花公子大概给了你不少钱吧?"他质问嘉布莉埃尔，"你这个人就是爱钱，哪怕是水手中最肮脏的家伙有钱给你，你也会跟他上床。"

"为什么不呢?"女演员冷冷地反驳道，"是的，我会把肉体出卖给一个水手，但是……我决不会偷他的钱。"

罗杰被气得怒吼一声，浑身颤抖着拔出匕首，犹疑不定的眼神盯了嘉布莉埃尔一会儿，接着，使出全身的气力，将匕首往她脚下一扔，急忙逃出房间，唯恐自己气头儿上失手真把她杀掉。

那天晚上，我深夜从他的住处经过，看见他仍亮着灯，便进去向他借一本书。只见他在疾笔书写着什么，连头也不抬，似乎根本就没有看见我进了他的房间。我在他的写字台旁边坐下，仔细端详他。他憔悴多了，如果不是我，别人恐怕很难认出他。忽然间，我瞥见桌子上有一封已经封好的信，是写给我的。我立即把它拆开，罗杰在信里告诉我他准备自杀，托我替他办几件事。我看信的时候，他仍在继续写着什么，根本没有注意我，原来他是在给嘉布莉埃尔写诀别信……诸位不难想象我当时多么惊讶，也不难想象我会对他说些什么劝慰的话，因为他的决定确实把我吓了一大跳。

“怎么，你这么幸福，居然想自杀?”我对他说。

我的朋友一边封上他的信一边对我说：“你什么也不知道，你不了解我。我是个骗子。我低贱到了极点，连一个风月场上的婊子也敢侮辱我，我自惭形秽到如此地步，竟没有勇气揍她一顿。”

于是，他把那次赌博的经过与诸位已经听说过的情况，原原本本都告诉了我。我听他叙述的时候，心里的激动实不亚于他自己。我不知道对他说什么好，紧握着他的双手，两眼充满泪水，一句话也说不出来。最后，我总算有了一个说辞，为他开脱，说根本无须因为他使得那个荷兰人破了产而过于自责，归根结底，他唯一那次……作弊只不过使得荷兰大副输掉……最初的那二十五个拿破仑金币而已。

“这么说来，”他以苦涩的自嘲口吻叫了起来，“我是个小偷，而不是大盗了？我过去一直胸怀大志，自命不凡，到头来只不过成了一个小骗子！”说完，他哈哈大笑，我却泪如雨下。

正在这时，房门突然一开，一个女人一冲而入，直扑罗杰怀中，原来是嘉布莉埃尔。

她一边使劲抱着他，一边大声喊道：“原谅我吧，原谅我吧。我心里只爱你一个人。现在，我比你没有做那件亏心事以前更爱你了。只要你愿意的话，我愿意去偷……我已经偷过了……是的，我偷过东西……偷过一块金表……谁能干出比这更坏的事情？”

罗杰摇了摇头，表示不相信，但他的脸色却豁然开朗了。

“不，我可怜的小宝贝，”他把嘉布莉埃尔轻轻推开，“我非自杀不可，我太痛苦了，心里这么痛苦，我实在忍受不了。”

“好吧，如果你一定想死，我就陪你一起去死，你不活，我活着还有什么意思？我有勇气，我开过枪，我也能像别人一样开枪自杀。别的不说，我演过悲剧，对死我早已习以为常了。”

嘉布莉埃尔这么说着，起初还眼含泪水，说到最后却哑然失笑，罗杰对此也不禁微微一笑。

“你笑了，我的军官，”她拍着嚷了起来，又拥抱着他说，“你不会自杀了！”她抱着他，又是哭，又是笑，有时又像水手那样出言粗野，要知道，她可不是那种听见一句粗话就害怕的女人。

这时，我已经把罗杰的手枪与匕首缴了过来，对他说：

“我亲爱的罗杰，你拥有一个情人和一个朋友，他们都爱你。请相信我，你在这个世界上还真有福可享呢。”

我抱了抱他之后，就离开了他的房间，让他单独与嘉布莉埃尔在一起。

我想，要是罗杰没有接到海军大臣的命令调他上前线的话，我与嘉布莉埃尔的劝止也只可能使他自杀的念头稍稍打消于一时而已。上峰的那道命令是派他到一艘三桅战舰上去当大副，驾船从封锁港口的英国舰队中冲杀出去，到印度洋上去巡逻，这任务很艰险。我再次劝说，让他明白，与其毫不光明正大、对祖国也无所裨益地自杀身亡，倒不如在英国人的炮弹下英勇牺牲为好。他答应决不自杀，并把四万法郎的一半分赠给残废的水兵与阵亡水兵的孤儿寡妇，剩下的则给了嘉布莉埃尔。他的情人起初信誓旦旦地说，要用这笔钱来做慈善事业。这个可怜的女子确实想实践自己的诺言，但她的热情坚持不了多久，后来，据我所知，她将几千法郎散发给了穷人，其余的则用来给自己添置衣服。

我与罗杰登上了漂亮的三桅战舰“伽拉忒亚①号”。舰上的水兵英勇善战，训练有素，纪律严明，但舰长不学无术，却妄自尊大，竟以约翰·巴尔②自命，无非是因为他比粗鲁的陆军上尉更会骂人，还因为他的法语说得极为蹩脚以及他从未学过兵舰专业知识，对实践只是略知皮毛。但是，他一开始就运气不错。当时海上正刮起一阵大风，将封锁港口的舰队刮回到公海之上，趁此良机，“伽拉忒亚号”冲出了海湾。接着，我们在葡萄牙海岸附近又击毁了一艘英国轻型巡洋舰和一艘属于英国东印度公司的商船，就这样，“伽拉忒亚号”旗开得胜，开始了海上巡逻。

我们遇上逆风，加上舰长指挥失误，“伽拉忒亚号”就缓缓地朝印度洋漂泛而去。舰长的笨拙无能显然增加了我们巡航的危险性，时而被敌人的优势舰队驱赶，时而自己又冒冒失失去追逐商船，每天险情层出不穷。虽然过的是冒险生涯，而且舰船上大小事务也使人疲惫不堪，但罗杰仍未能摆脱一直折磨着他的自杀念头。过去他是我们军港中最勤勉、最出色的

---

① 希腊神话中的海洋女神。

② 约翰·巴尔（1650—1702），法国十七世纪海军将领，英勇善战，屡立战功，深得路易十四重用。

军官，现在却只满足于完成自己的差事，差事一完，便把自己关在房间里，既不看书，也不写信，一连好几个小时躺在自己的吊床上，但又睡不着觉。

一天，我见他如此无精打采，萎靡不振，便斗胆进行开导：

“亲爱的，你在为一点儿鸡毛蒜皮的事苦恼。你骗取了一个荷兰阔佬的二十五个拿破仑金币，仅此而已！可是你却后悔得像是骗取了一百万似的。你且说说，当你从前勾引司令的老婆那阵子，你就不感到内疚吗？那个女人可比二十五个金币珍贵得多啊！”

罗杰在床上翻了一个身，没有理睬我。

我继续说：“不管怎样，就算按你的说法，你有了罪过，但你最早参赌也是由于荣誉感的动机呀，那出自一颗高尚的心灵。”

他转过头来，一脸怒色地盯着我。

我继续侃侃而谈：“我没有说错，因为，归根结底，要是你参赌输了，嘉布莉埃尔怎么办？可怜的姑娘，她会为你卖掉她最后一件衬衣。如果你输了，她就得一贫如洗……你是为了她，为了你对她的爱情，你才作了弊。有的人为了爱情而杀人……而自杀……可你，亲爱的罗杰，你比他们更走极端。坦白地说吧，像咱们这种人……去……偷，要比去自杀更需要勇气。”

船长中断了他所叙述的故事，对我说：“也许现在你们觉得我很可笑。我可以保证说，是我对罗杰的友谊才使我当时口若悬河，发表了这一通宏论。今天，我可没有这样的口才了。不管怎么样，我对他讲的这一大番话，都是真心诚意的，而且我深信自己说的都是至理名言。要知道，当时我还很年轻啊。”

船长说完，又接着讲罗杰的故事：

罗杰半天没有回应我的话，他把手伸给我说，说的时候似乎在竭力克制他自己的感情：“我的朋友，我可没有你想象的那样高尚，我本来就是一个卑鄙小人。我欺骗那个荷兰人时，只是想赢得那二十五个金币，仅此而已。我当时并没有想到嘉布莉埃尔，这就是我之所以瞧不起自己的原因……我当时把这二十五个金币看得比荣誉还重！……多么卑劣！是的，如果当时我真的对自己说：‘我要作弊赢钱是为了使嘉布莉埃尔免遭贫困’，那我后来也许会心安理得一些……但不是！不是，我当时并没有想到她……我当时并没有想到爱情……我当时赌红了眼……成了一个小偷……我完全是为了钱而去作弊，去偷……这种行为愚蠢到了极点，使得我一失足而成千古恨。时至今日，我既丧失了勇气，也丢掉了爱情……我苟活于世，再也不会去想嘉布莉埃尔了……我这个人彻底完蛋啦。”

罗杰说这些话时，看起来是那么痛苦。如果他当时向我要枪自杀，我想我是会给他的。

一个星期五，那是倒霉的一天，我们发现一艘巨型的英国三桅战舰“阿尔刻斯提斯号”向我们追杀过来。那艘战舰有五十八门大炮，而我们只有三十八门。我们扯起所有的风帆想溜之大吉，可是，它的速度比我们快，一步一步朝我们逼近。很明显，在天黑以前，我们将被迫进行一场殊死的战斗。舰长把罗杰叫到自己房里，商量好一阵子。罗杰回到甲板上，挽起我的手臂，把我拉到一旁，对我说：

“再过两个钟头，大难就要临头了，舰长老兄在后甲板上忙得团团转，已经是焦头烂额了。现在，我们有两个办法可以选择：一个最轰轰烈烈的办法，就是故意让敌舰追上来，然后猛地向它靠拢，派百十个英勇彪悍的小伙子冲上去；另一个办法也不错，只是不大光彩，那就是把我们的一部分大炮扔进大海，以减轻舰船的重量，这样就可以轻装快速地前进，紧贴着非洲海岸航行，我们的左舷就是岸边，英国战舰害怕搁浅，就只好让我们溜掉。问题是，我们的那位宝贝舰长，既不是懦夫，也不是英雄。这两个办法他都不会采用。他只会让敌人的大炮先把我们轰个片甲不留，经过几个小时的战斗之后，再扯起降旗。你们活下来的人那就倒霉了，等待你们的将是英国朴茨茅斯军港的囚船。至于我嘛，我可不愿意看到那些囚船。”

“也许，”我回答他说，“我们头一阵炮击就会使敌舰遭到重创，迫使它停止追杀，亦未可知呢。”

“你给我听着，我是不愿意当俘虏的，我宁愿战死，我正可以死得其所。万一我伤残未死，请你答应我一定把我扔进海里，像我这样一个优秀的水兵，大海才是我应该寿终正寝的地方！”

“你简直就是神经病！”我对他嚷道，“你怎么能委托我办这种事！”

“请你为我尽一个好朋友的责任。你知道，我是非死不可的。我之所以同意不自杀，就是因为我希望战死捐躯，你应该还记得这一点。那么，就答应我吧；如果你拒绝，我就去请水手长帮我这个忙，他一定不会拒绝的。”

我考虑了片刻，对他说：

“我答应照你说的去做，只要你是受了重伤而又没有治好的希望。在那种情况下，我愿意让你少受一些临终的痛苦。”

“我一定会受致命的重伤，要不，我就是当场战死。”说着，他向我伸出手来，我紧紧地握住。从这时起，他就变得平静多了，甚至脸上还不时洋溢着一种战斗的喜悦。

下午三点钟左右，敌舰的迫击炮开始朝我们的舰轰击。于是，我们赶紧收起部分帆篷，掉头侧身对那艘敌舰连续开火，英国人则猛烈还击。海战进行了一个钟头之后，我们那位办事一贯毛糙失当、指挥从来都失策的舰长却想要把我们的船舰冲向前去进行近距离厮杀。但是，我方已经伤亡惨重，剩下的水兵也已经泄了气。舰上的器械已经损毁极为严重，残破不堪。当我们扯起舰帆想逼近英舰的时候，我们那根已经毫无支撑的主桅，竟完全折断，轰然倒下。敌舰趁我舰上混乱之际，绕到我们的舰尾，在手枪一半射程的距离内用侧翼的全部火力向我们猛轰，将我们那艘倒霉的三桅战舰打得稀巴烂，而我们的侧翼只剩下了两门小炮勉强可以还击。这时，我正在罗杰身旁，他指挥着众人去砍断还纠缠在已倾倒在地的主桅上的缆绳桅索。我觉得他的手紧紧抓住我的胳臂。我转过身去，看见他仰面倒在甲板上，浑身是血，他的肚子刚被一颗子弹击中。

舰长向他跑过来，叫道：

“怎么办，大副？”

“快把咱们的舰旗钉在半截桅杆上，然后把舰凿沉。”

舰长觉得这个建议不对自己的口味，立即离他而去。

“喂，别忘了你答应过的事。”

“不在话下，你的伤能治好。”我对他说。

“立即把我扔进海里去。”他厉声叫道，接着，他一边恶狠狠地骂骂咧咧，一边抓住我衣服的下摆，

“你看得明明白白，这回我肯定是难逃一命，把我扔进海里去吧，我不愿意看见我们的战舰投降。”

两个水兵走了过来，准备把他抬进舱底去。

“浑蛋，你们去管你们的大炮吧！”他使劲地高声叫嚷，“装上霰弹，瞄准他们的甲板射击。至于你，如果你不兑现你的承诺，我就要诅咒你，骂你是世界上最怯懦、最卑劣的小人。”

罗杰受的伤是严重致命的。这时，舰长把一个准尉叫了过去，命令他降旗投降。

我对罗杰说了一声：“跟我握一下手吧。”

就在我们的战舰降旗投降的那一刹那……

船长的故事讲到这里时，一名中尉跑过来喊道：“船长，左舷发现有一条鲸鱼。”这打断了他的叙述。

“一条鲸鱼！”船长兴高采烈地叫了起来，他也不再把故事讲下去了，“快，放小艇下海，把舢板也放下去，所有的小艇都放下去，拿鱼叉来，拿绳子来……”

因此，可怜的罗杰大副最后究竟是怎么死的，我就所知不详了。

# 维纳斯艳惊伊尔城①

但愿这雕像善良而仁慈

因为她与常人形貌相似

——吕西安②：《喜欢说谎的人》第十九章

我从加尼古山③最后一道山坡上走下来，虽然已是夕阳西沉，却仍能清晰可见远处平原上伊尔小城的屋舍。那座小城正

① 法国东比利牛斯省的一个小城。

② 吕西安（公元120—公元192），古希腊讽刺幽默作家。

③ 法国东比利牛斯省的高山。

是我要去的目的地。

“您该知道，您一定知道德·佩莱赫拉德先生住在城里什么地方吧?”我向前一天就开始给我担任向导的那个卡塔卢尼亚人这么问道。

“当然知道啰!”他高声说道，“我熟悉他的家就像熟悉我自己的家一样。如果不是现在快天黑了，我一定可以指给您看。那是全伊尔城最漂亮的房子。德·佩莱赫拉德先生很富有，他给自己儿子找的亲家比他更富有。”

“婚礼快要举行了吧?”我问他。

“很快！婚礼上奏乐的提琴师大概都已雇好了。也许就在今晚举行，也许是明天或者后天，这可说不准！婚礼的地点是在普伊加里，因为这位少爷娶的是普伊加里的小姐，这桩婚姻门当户对，真够美满!”

我的朋友P先生介绍我去认识德·佩莱赫拉德先生，告诉我说，此公乃一位学识渊博而又平易近人的考古学家，一定会乐于领我去参观方圆四十公里以内的古代遗迹，因此，我一直打算请他带我参观伊尔的附近地区。据我所知，此地区有许多古代与中世纪的历史建筑。如今我初闻他家即将举办婚礼，看来我的如意算盘会被打乱。

我心想，人家操办喜事，我此去岂非平添麻烦?可是P先生已经通知说我即将来到，主人正在等着我呢，我非去不可。

我与向导已经到了平原上，他对我这样说：

“先生，咱们打个赌，赌一支雪茄烟，看我能不能猜出您去德·佩莱赫拉德家要干什么。”

“这个嘛，倒并不难猜，”我一边回答一边递给他一支雪茄，“太阳已经西沉，我们已经在加尼古山里走了二十公里，现在去他们家最紧要的事当然就是吃晚餐啰。”

“这话不错，可明天干什么呢？……得了，我敢说您到伊尔来是为了参观那尊神像的，对吗？从我看见您在塞拉波纳①临摹圣像，就猜出来了。”

“神像！什么神像呀？”向导的话激起了我的好奇心。

“怎么！您在佩皮尼昂②的时候没有听说德·佩莱赫拉德先生怎么从地里挖出了一尊神像吗？”

“您说的是一尊用黏土烧制的雕塑，是吗？”

“不是。是铜铸的，那么多铜，可值钱啦。其重量比得上教堂里的一口大钟，在地里埋藏得很深，我们是在一株橄榄树下发现的。”

“这么说来，挖掘的时候您是在场的？”

“是的，先生。半个月前，德·佩莱赫拉德老爷叫我同约翰·科尔两个人把一株老橄榄树连根刨掉，您知道，去年冬天非常寒冷，这株树被冻死了。我们这么挖着挖着，科尔一镐一镐挖下去，忽然我听见咣当一声……就像撞在一口钟上。‘这是什么呀？’我问道。我们继续挖着挖着，忽然里面露出一只黑颜色的手，就像死人的手从地里伸出来了一样。天哪，这可把我吓坏了。我赶紧跑去找老爷，对他说：‘东家，那橄榄树

---

① 山上的一个修道院，距伊尔城二十公里。
② 东比利牛斯省的首府。

下有死人，得赶快请神父来。’老爷问我，‘什么死人呀？’他跟我来到现场，一见那只黑手，便大叫一声，‘一件古物，一件古物呀！’见他这么惊喜，你会真的以为他是发现了一件奇珍异宝呢。于是，他亲自挖了起来，手与镐并用，其劲头儿，比我们两个人加在一起的力量还要大。”

“你们最后挖出什么来了？”

“一个身材高大的黑色女人雕像，说句不敬的话，全身几乎一丝不挂，先生，完全是铜铸的，据德·佩莱赫拉德老爷说，这是异教徒时代的神像……可能是查理大帝①时代的！”

“我知道是什么了……这是某个被毁的修道院里的铜制圣母像。”

“圣母像！说得倒好！如果真是圣母像，我早就认出来了。告诉您吧，那是一尊神像，从她的神气就看得出来。她那双大大的白色眼睛死死盯住你，简直就是在审视，是的，谁看着她，都会不好意思，会把眼睛垂下来。”

“她有白色的眼睛？一定是嵌在青铜上。也许这是一尊罗马时代的雕塑。”

“罗马！对了，德·佩莱赫拉德老爷说那是个罗马女人。啊，我看出来了，您和老爷一样，也是一位学者。”

“雕塑完整吗？保存得好吗？”

---

① 查理大帝（公元742—公元814），古代法兰克王国的国王，王国在他统治时期达到全盛，版图很大，后渐分裂为三，即近代西欧三个主要国家：法国、德国与意大利。

“啊，先生，完好无缺。她比放在市政府里那尊路易·菲利普的彩色石膏半身像更漂亮、更精致。尽管如此，但这尊雕塑的面孔使我不舒服，她显得很凶恶……的确如此。”

“凶恶？她对你怎么凶恶了？”

“确切地说，倒不是对我。不过，您听下去就会明白了。当时，我们费了好大的力气才把她抬了起来，德·佩莱赫拉德老爷这位老好人，虽然手无缚鸡之力，但也帮着拽绳子！用了九牛二虎之力，我们把她竖立直了。我去捡块瓦片，想把她垫稳当，没想到哗啦一声，她整个身躯朝地倒了下来。我喊了一声‘当心底下’，但为时已晚，约翰·科尔没有来得及把腿抽回来……”

“他受伤了吗？”

“可怜他那条腿，就像葡萄架一样当场折断了。哎呀，真惨！我一见就火冒三丈，真想用镐把那尊雕像砸个稀巴烂，但德·佩莱赫拉德老爷拦住了我。他给了科尔一些钱。出事后至今半个月，科尔仍躺在床上，医生说他这条腿永远报废了。真可惜，他从前是我们当中跑得最快的人，而且，他的网球也打得很好，仅次于我们的少东家。科尔受伤使得阿尔封斯·德·佩莱赫拉德少爷心情很不好，因为科尔一直是陪他练球的，他们打球的时候，球一来一往从不落地，啪！啪！真是好看极了。”

这么谈着谈着，我们进了伊尔城，很快我就见到德·佩莱赫拉德老爷了。他是一个精力充沛的矮老头儿，假发上扑了粉，鼻子通红，神情快活而略带幽默诙谐。他没有拆开P先生的介绍信，便把我带到一桌筵席前，请我入座，还介绍我认识他的夫人与公子，说我是位出色的考古学家，能够使得由于历史学者的疏忽而被遗忘的鲁西戎地区①重新引起世人的关注。

我的胃口很好，因为再没有什么比山区的清新空气更能增加人的食欲了。我一边品味美食，一边观察主人一家。刚才我对德·佩莱赫拉德先生已经略加描述，现在还得补充一句，他很活跃敏捷，又是说，又是吃，还不时站起来跑到藏书室里给我拿书，让我看他收藏的一些版画，同时又给我斟酒，就这么忙乎着，连几分钟也静不下来。他的夫人体态稍胖，就像大多数四十岁出头的卡塔卢尼亚妇女一样。在我看来，她是一个典型的外省女人，一心只扑在家务上。虽然晚餐很丰盛，足够六个人享用，但她仍然不断跑到厨房去，还叫人宰鸽子，烤玉米蛋糕，还打开好多罐蜜饯果酱。不一会儿，餐桌上便摆满了盘碟与瓶罐。如果把端到我面前的食物都尝一点儿，我肯定会被撑死不可。但每当我谢绝一道菜时，他们都要一再表示歉意，怕我在伊尔过得不满意。在他们想来，外省的物质品类如此匮乏，而巴黎人的口味又实在太高。

当父母双亲忙着待客施礼的时候，阿尔封斯·德·佩莱赫拉德少爷端坐不动，像一块界石。他是一个二十六岁的高大青年，五官端正，眉清目秀，但缺乏表情。从他的身材与运动员的体魄来说，本地人称他为网球高手，真乃实至名归。那天晚上，他的衣着很讲究，完全是按照最近一期《时装杂志》插

---

① 法国一旧行省，即今东比利牛斯省，境内有许多历史古迹。

图里的款式。但我觉得他穿那套衣服有些拘谨，脖子套在天鹅绒的领圈里，僵硬得像一根木桩，脖子一扭转，整个身躯也要随之转动。他那双大手被太阳晒成了褐色，指甲很短，与他那身衣服颇不相称。他尽管对我这个巴黎人十分好奇，不断从头到脚加以观察，但整整一个晚上，他只跟我说了一次话，就是问我的表链是在哪儿买的。

“好哇！我亲爱的客人，”晚饭快吃完的时候，德·佩莱赫拉德先生对我说，“您在我的家里，您就是我的客人，我不把我们山区稀奇古怪的东西都让您看个遍，我是不会放您走的。您应该设法对我们鲁西戎有更多的了解，为它做些宣传。我们要让您看的那些东西，都是您想不到的。这个地区有腓尼基、克尔特、罗马、阿拉伯、拜占庭的各种历史建筑，大大小小，不分巨细，您都能见到。我会领着您到处参观，连一块砖也不让您错过。”

一阵剧烈的咳嗽使得他停止说话。我趁这个时候对他说，在他家办喜事的时候我前来打扰，实在深感抱歉，只要他对我在附近地区的采访做些指点就够了，不必麻烦他陪着我到处跑……

“哦，您是说我儿子的婚礼，”他大声打断我的话，“小事一桩，小事一桩，后天就办。您也和我们一道参加，就像家里人一样。因为新娘子有个姑妈刚去世，她是姑妈的继承人，戴着孝呢，所以婚礼不大肆操办，不举行舞会……真可惜……否则，您就能观赏我们卡塔卢尼亚姑娘的舞姿了……她们可漂亮啦，也许您见了就要学我的儿子阿尔封斯的样子哩。俗话说得好，一桩婚姻引发出另一桩婚姻，好事成双嘛……到了星期六，年轻人的婚事一办完，我就自由啦，咱俩就可以动身出游了。我真抱歉，寒舍的一桩外省婚礼对您有所耽误。巴黎人对欢庆热闹的场面早已司空见惯、习以为常，何况，我们这小地方的这次婚礼还没有舞会！不过，您可以见到一个新娘子……一个新娘子……您会说还有一些其他姑娘……但您是一位正人君子，不会再去关注女人了。我有更好的东西给您看。我要让您看一件宝物！……明天，您见了会大吃一惊。"

"上帝呀，"我对他说，"家有宝物若要外人不知，那是很难做到的。我想，我已猜出您打算叫我吃惊的宝物是什么了。如果就是您的那尊雕像，那我的向导早就已经给我描绘过了，说实话，我的好奇心已经被激起来了，我正急于观察这件宝物呢。"

"噢！他已经跟您谈过这尊神像了，他们把我这尊漂亮的美神简称为神像……但我现在不想对您做任何评论。明天见分晓，您将亲眼目睹，请您见了以后告诉我，我认为那是一件杰作是否有道理。说真的，您的来临再凑巧不过。雕像上有些铭文，我这个不学无术的可怜虫，只能按照我的浅识加以解读……可您是来自巴黎的大学者！……您也许会觉得我的解读很可笑……因为我已经写了一篇学术报告……我真的已经写出来了……我是一个外省的蹩脚考古学家，我已经豁出去了……我要把我的报告刊印出来……如果您愿意审读并替我修改修改，我便有希望……比如说，我很想知道您会怎么翻译雕像基座上的那句铭文‘CAVE①’……但我今天不想再向您请教什么了……明天再说吧，明天！咱们今天就不说那尊美神了。”

“佩莱赫拉德，你说得对，”他妻子说，“咱们别谈你那尊神像。你瞧，你让客人吃饭都吃不消停。得了吧，这位先生在巴黎不知见过多少雕像，远比你的这尊精美。在杜依勒里宫，就有好几十个，而且都是青铜铸的。”

“你这就是无知，外省人地地道道的无知！”德·佩莱赫拉德先生打断她的话说，“你居然把一件精美绝伦的古物，拿来跟库斯图②平淡无奇的雕像相提并论！‘拙荆妄谈神祇！出言实为无礼！③’

“您知道吗，我的妻子要我把这尊雕像熔掉，去给教堂铸一口钟，她就可以当这口钟的命名者了。先生，这毕竟是米隆④的艺术杰作啊！”

“杰作，杰作，这尊雕像一出土就制造了杰作呢！把人家的一条腿给砸断了！”

“老伴，你瞧，”德·佩莱赫拉德先生把自己穿着花条纹丝袜的右腿向妻子伸过去，斩钉截铁地说，“如果我那尊美神像砸断了我这条腿，我决不会有丝毫惋惜！”

“上帝呀！佩莱赫拉德，你怎么能这么说呢！幸亏那人的腿伤好多了……不过，我还是下不了决心去观赏那尊制造了不

---

① 拉丁文：当心，提防。

② 法国十八世纪著名雕塑家。

③ 原文引自莫里哀的喜剧《无病呻吟》。

④ 米隆（公元前480—公元前440），古希腊雕塑家，擅长制作青铜雕像。

幸事件的雕像。可怜的约翰·科尔真倒霉!”

德·佩莱赫拉德先生哈哈大笑起来，说道：“被美神所伤，先生，被美神所伤，笨蛋才会抱怨呢。‘你怎么不领受美神的恩典?①’”

“谁被美神所伤?”

阿尔封斯的法语程度比拉丁语高，他会意地眨了眨眼，盯着我看，似乎在问：“您，巴黎先生，您懂这句话吗?”

晚餐迟迟才结束，其实在餐桌上我停止进食已经有一个钟头了。我感到很疲倦，连连打哈欠。德·佩莱赫拉德夫人先观察到了这一点，便提醒说大家应该就寝了。于是，殷勤的主人又不断表示歉意，说给我安排的住处条件太差，客人毕竟不是在巴黎，在外省总得受些罪，对鲁西戎的款待者就得包涵包涵。我则一再声称，在山区里跑了一天之后，我只要有一捆干草，便能美美地睡上一觉。话虽这么说，但主人夫妇仍然一再恳请我予以原谅，他们这些可怜的乡下人待客不周，实在也是不得已。最后，我由德·佩莱赫拉德先生陪同，上楼来到给我准备的房间。上面几级楼梯是木板的，一直通到一条走廊的中央，走廊两旁有好几间房间。

“右面那一套房间，是给我新婚的儿媳准备的。”主人对我说，“您的房间是在走廊另一端。”说到这里，他又故意装出狡黠调皮的神情加上一句，“您当然知道，应该跟新婚夫妇远一点儿，您在房子的这一头，他们在另一头。”

---

① 原文为拉丁文，引自古罗马诗人维吉尔的史诗《埃涅阿斯纪》第四章。

走进一个家具齐全的房间，我首先看到的东西就是一张大床，长约七尺，宽有六尺，高高的，要靠一个板凳才能爬上去。主人把召唤仆人的铃铛指点给我看，又亲自检查了糖罐是否装满了糖以及香水瓶是否放在梳妆台上，还一再问我还缺什么，然后，跟我道了晚安便走了。

窗户都关着。宽衣就寝之前，我打开了其中的一扇，呼吸呼吸晚间的清凉的空气。刚才那顿晚餐吃了很长时间，现在透透气，觉得很舒服。窗户对面就是加尼古山，这山一年四季的景色都令人赞赏，而那天夜晚，在皎洁的月色下，更是美得无与伦比。我观赏它美妙的侧影足足好几分钟，正打算低头关上窗户的时候，忽然瞥见那尊雕像置于一台座上，就竖立在一道矮树篱笆的边角处，距离房子约四十尺之远。绿篱隔在一个小花园与一块十分平坦的场地之间，那场地，后来我得知，就是本城的网球场，原来是德·佩莱赫拉德的产业，经他的儿子一再恳求，他才卖给了公家。

我当时所在的距离，使我难以看清那尊雕像的姿态，只能粗略判断出它有六尺上下。这时，正好有两个城里的顽童经过网球场，距离那道矮树篱很近，他们用口哨吹着鲁西戎地区一支悦耳的曲调。他们停步下来好打量打量那尊雕像，其中一人还朝雕像大骂了一声。他是用卡塔卢尼亚语骂的，由于我在鲁西戎地区已经盘桓了好多日子，他骂的是什么意思，我大致能懂，他是这么骂的：

“你原来猫在这儿，婊子（卡塔卢尼亚语所用的字眼比这更厉害）！你猫在这儿！是你砸断了约翰·科尔的腿，如果你归我所有，我就非打断你的脖子不可。”

“算了吧，你用什么去打？”另一个顽童说，“它是铜铸的，硬极了，艾蒂安想用锉刀去锉它，结果连锉刀也折断了。它是异教徒时代的铜制品，比什么都硬。”

“要是我手头有我那把冷錾（看来，他是一个锁匠的学徒），我很快就可以把她那两只大大的白眼珠挖出来，就像挖杏仁那样。里面的银子足可值一百多个苏。”

他们走了几步，正要离开雕像。

“我得向偶像道声晚安。”高个子突然停下脚步说道。

他弯下身子，很可能是捡起了一块石头。只见他胳臂一扬，将手里的东西扔了出去，立即砸得那尊雕像发出了响亮的一声。几乎就在同时，他突然用手捂着脑袋，连连大声叫痛。

“她把石头给我扔回来了！”他嚷道。

于是，这两个调皮鬼拔腿就跑。显而易见，那块石头从铜像上反弹了回来，惩罚了那个冒犯了美神的蠢货。

我关上窗户，开怀大笑。

“又一个旺达尔人①遭到了维纳斯的惩罚！但愿所有破坏古代文物的人，都脑袋开花！”抱着这样一个善良的愿望，我酣然入睡。

一觉醒来，天已大亮。在我床边，已站立着两个人，一边是还穿着睡袍的德·佩莱赫拉德先生，另一边是他妻子派来的仆人，手里端着一杯巧克力。

---

① 古日耳曼民族的一支，曾入侵高卢、西班牙与非洲，以破坏文明而著称。

"起来吧！巴黎人！京城来的人都是懒鬼！"我已经开始穿衣服了，款待我的主人这么说，"八点钟了，还在床上！我六点钟就已经起床，我上楼来了三次，踮着脚走到您房间门前，没有听见一点儿声息，就像没有人一样。在您这样的年龄，睡得太多没有好处。您还没有见识我的美神雕像呢！来吧，快把这杯巴塞罗那巧克力喝掉……这是真正的走私货。在巴黎，您喝不上这种饮料。喝了长长力气，您走到我那尊美神雕像前面，用九牛二虎之力也不可能把您从她身边拉开啦！"

短短五分钟，我就梳洗完毕，也就是说，胡子草草刮了一下，衣服大致上扣了一扣，三口两口喝完了那杯滚热的巧克力，被烫得好不厉害。于是，我随主人走到花园里，来到一尊令人惊叹的雕像面前。

的确是一尊维纳斯雕像，真是美到了极致。她上身赤裸，古代人所想象的了不起的天神都莫不如此。右手抬到胸前，掌心内向，拇指与食指、中指伸直，最末的两指微微弯曲。另一只手靠近腰部，挽住遮盖着下身的裙衫，这尊雕像的姿势使人想起那个猜拳者的形象，不知为什么，人们把这形象称为"日耳曼尼库斯①"。也许，雕塑家是想表现这美神在玩猜拳游戏吧。

不管怎样，没有比这尊美神的身材更完美的了。她线条优美，躯体丰腴，风姿高雅，衣裙华美。我想它准是罗马帝国时期的作品，是古代雕塑艺术处于巅峰状态时的一件杰作。特别使我赞叹的是，她的形体如此逼真，可以肯定是以真人为模特

---

① 公元一世纪的罗马将军。

儿雕塑出来的。

她的头发从前额之上往后梳，似乎是镀过金的。头小巧精致，同几乎所有的希腊雕像一样，微微向前倾斜。至于脸部，我怎么也难以描述出它独特微妙的表情，其脸型，就我所记忆的，与任何古代雕像都不一样。她的美不是古希腊雕塑那种宁静而庄严的美，那是古代雕刻家刻意要使所有的线条都具有的一种凝重肃穆的神态。我惊异地发现，这尊美神则相反，雕塑家显然是有意要在其脸部表现出一种近乎凶恶的狡黠。所有的线条都微微略显扭曲：眼睛有一点点斜，嘴角有一点点翘，鼻孔有一点点鼓。美得不可思议的那张脸上，却流露出轻蔑、嘲讽与冷酷的神情。说真的，越是端详这尊美丽的雕像越是有一种不舒服的感觉，如此令人惊叹的美貌，怎么这样冷漠无情呢？

"即使这尊雕像的真人模特儿的确存在过，"我对德·佩莱赫拉德说，"我也怀疑此女是否上天所造。我真可怜那些爱上了这个女人的男子，她一定使得他们因绝望而死去，而她自己则以此为乐。她表情中有一种凶野，不过，这么美的尤物，我的确没有见过。"

德·佩莱赫拉德先生见我对这尊雕像如此赞赏有加，溢于言表，不禁兴高采烈，因此，高声背诵了一句诗：

这是美神在全身心拥抱你这个猎物！①

---

① 出自法国十七世纪古典主义诗人拉辛的诗剧《费德尔》第一幕第三场。

这尊女神那双嵌着白银、炯炯发亮的眼睛，与她那久历侵蚀的躯体上所布满的暗绿色铜锈正形成强烈的对比，眼中那满含恶意的嘲讽表情由此而显得更为突出。这双闪闪发亮的眼睛足以使人产生一种幻觉，以为这尊雕像真是一个活体。这时，我突然想起，我的向导曾经对我说过，她能使所有端详她的人不由自主地低下视线。此言不假，我自己在这尊青铜雕像的面前，也感到有点儿局促不安了，为此，我不禁对自己甚为生气。

“现在，您已经仔仔细细欣赏过了，我亲爱的考古同行。”款待我的主人说，“如果您愿意的话，我们不妨在学术上进行一点儿探讨。您还没有注意那上面有一句铭文，对它您有什么看法?”

说着，他把雕像的基座指给我看，那上面刻有这样两个词：

CAVE AMANTEM

他搓着手先用拉丁文问我：“您博学多闻，对此有何高见?”然后说，“看看咱俩在‘CAVE AMANTEM’这两个词上，是否所见略同!”

“可是，”我回答说，“这句话有两重意思，可以译为：对爱你的人要小心提防，不要轻信你的情人。但如果是取这一重意思，则不知道是否合乎拉丁语的表达方式。而从这尊雕像脸上的凶险神情来看，我还是认为，雕塑家是想提醒世人，要提防这个蛇蝎美人。因此，我把这句话译为：如果她爱你，你可要小心提防。”

“嗯，不错，这个解释言之有理。”德·佩莱赫拉德先生说，“不过，请别见怪，我却喜欢第一种翻译，我还可以加以引申发挥。您知道维纳斯的情人是谁吗?”

“她的情人有好几个。”

“是的，第一个就是伏尔甘①。这就意味着，‘尽管你如花似玉，目空一切，你的情人只可能是个铁匠，又丑又瘸’。先生，这对那些风情万千、娇艳俏丽的女人来说，真是前车之鉴。”

我听了不禁笑了笑，觉得他这种解释未免太牵强附会了。

“拉丁文过分简练了，所以很费解。”我这么说，是为了避免当面反驳这位考古学家。接着，我往后退了几步，以便更加仔细地观察那尊雕像。

“等一等，我的同行，”德·佩莱赫拉德拽住我的胳臂说，“您没有看全，还有另一处铭文。请您到雕像的基座上，看一看美神的右臂。”他一边说，一边帮我爬上了基座。

我不拘礼节地搂着美神的脖子，跟她，我开始熟稔相处了。有那么一阵子，我甚至逼视着她的脸，发觉近看起来她显得更凶险，也显得更美艳。接着，我看出她胳臂上刻有几个似乎是古体草书的词。借眼镜之助，我拼出以下几行文字，我每念出一个词，德·佩莱赫拉德先生就重复一个词，同时用手势与声音表示赞同，拼出来的几行文字是这样的：

---

① 罗马神话中的火神，亦司炼铁业。

VENERI TVRBVL……

EVTYCHES MYRO

IMPERIO FECIT

在第一行“TVRBVL”这个词的后面，有几个字母已经模糊不清了，但“TVRBVL”这个词还是清晰可见的。

“这个词是什么意思……”我的主人神气十足，带着狡黠的微笑问我，他一定是认为我解释不出这个词的意思。

“我有一个词解释不清，”我对他说，“其余的词都容易解释。这几行文字的意思就是：埃蒂切斯·米隆遵维纳斯之命将此礼物奉献给她。”

“好极了。但‘TVRBVL’这个词你怎么解释？‘TVRB-VL’是什么意思？”

“‘TVRBVL’这个词倒真把我难住了。”我费尽心思想找一个与维纳斯有关的形容词来启示我作出解释，但一时找不到，于是，我反问主人，“唔，您说呢？‘TVRBVL’是形容维纳斯使人迷惑，还是形容她使人不安……您看得出来，我一直觉得她有一股凶相，对于维纳斯来说，用‘TVRBVL’这个词来形容并不委屈她。”最后这句话，我是用谦逊的语气说出来的，因为我对自己的解释也并不怎么满意。

德·佩莱赫拉德先生嚷嚷着表示不同意：

“不安分的维纳斯！爱吵闹的维纳斯！啊！您以为我的这尊维纳斯是酒馆里的维纳斯吗？绝对不是！先生，这尊维纳斯是上流社会里的维纳斯。来，我来给您解释‘TVRBVL’这个词吧……不过，请您答应我，在我的论文发表以前，不要向外界透露我的见解……因为，您明白，我要靠这个创见来名扬天下……巴黎的学者先生，你们已经很富足了，也该剩下一些麦穗让我们这些外省的可怜虫去捡呀。”

我一直站在那尊雕像基座上，一听此言，立即庄严地向他保证，自己绝没有要剽窃他这一创见的卑鄙念头。

“‘TVRBVL’……先生，”他边说边靠近我，把声音压得低低的，似乎害怕旁边有人偷听，“这个词，您得读成‘TVRBVLNERA’。”

“我还是不明白。”

“请您好好听着，离这里四公里的山脚下，有一个村子名叫布尔太奈尔，正是‘TVRBVLNERA’这个拉丁词的讹音。这种词语上的颠倒错位是最常见的事。先生，布尔太奈尔从前是一个罗马城市。我一直有这个看法，但苦于没有找到证据。现在，证据找到了。这尊维纳斯就是布尔太奈尔城所供奉的神。刚才我说过，布尔太奈尔这个词源于古代，它证明了一件有趣的事，那就是布尔太奈尔城在归属于罗马以前，早就是一座腓尼基的城市了！”

他停顿下来，喘了口气，见我不胜惊讶，就不禁得意起来。我则好不容易才忍住了没有大笑起来。

他接着说下去：

“实际上，‘TVRBVLNERA’是地地道道的腓尼基语，‘TVR’要读成‘Tour’……而‘Tour’则与‘Sour’就是同一个词，对吧？‘Sour’是腓尼基语中的蒂尔①，它的意思，我就不必告诉您了。而‘BVL’就是‘Baal’；Bal，Bel，Bul，在发音上只有很细微的差别。至于词尾的‘NERA’，我要解释清楚倒有点儿困难，因为找不到一个相应的腓尼基词，我想，它是来自希腊语，意思是潮湿、泥泞。所以，这很可能是一个混合词。为了证实这一点，等到了布尔太奈尔，我可以指给您看，那里的泉水是如何从山上流下来的，形成一片一片发臭的沼泽。另外，词尾‘NERA’很可能是很晚以后才加上去的，为的是纪念泰特里库斯②的妻子奈拉·皮维亚，这个女子可能对蒂尔城做过什么事。可是，考虑到这些沼泽，我倾向于认为其词源就是希腊语。”

他以得意的神情吸了一撮鼻烟，接着说：

“咱们且放下腓尼基人不说，再看看那句铭文吧，我是这么译的：遵循维纳斯之命，米隆谨将其所作之雕像，奉献给布尔太奈尔的维纳斯。”

我对他的词源学议论小心翼翼地表示异议，可也想趁机显示一下自己也有颇深的见解，于是，对他说：

“且慢，先生，米隆的确奉献过一尊神像雕塑，但我一点儿也看不出就是这一尊。”

“什么！”他大叫一声，“难道米隆不是希腊著名的雕塑家吗？雕刻技艺是他的家传。这尊雕像肯定是他的一个子孙制作

---

① 蒂尔是腓尼基重要的商业与手工业城市，今属黎巴嫩，位于贝鲁特以南。
② 古罗马的暴君之一。

的。这一点确凿无疑。”

我又反驳道：

“可是，我注意到雕像的胳臂上有个小洞。我想，这是用来佩戴什么东西的，比如说，一只手镯呀，那是米隆为了赎罪献给维纳斯的。米隆是个不幸的情人。维纳斯对他动了怒，为了平息她的怒火，米隆献给她一只手镯。请您注意，‘FECIT①’这个词，往往是用来代替‘Consacravit②’的，二者同义。如果我手头有格吕泰③或奥雷利④的论著，我就可以给您举出不止一个例子。一个爱上了维纳斯的情人，在梦中见到这个美神，以为她命令自己给她的雕像佩戴上一只金手镯。于是，米隆就献给雕像一只手镯……没想到，后来来了劫掠的野蛮民族，或者是碰上了某个胆大妄为的小偷，竟把手镯盗走了……”

“啊，显而易见，您是在编小说！”主人一边伸手扶我走下基座，一边大声说，“先生，您说得不对。这是米隆学派制作的一尊雕像，您只要看看它的手艺就会同意了。”

我一向恪守一条原则，不要去跟那些顽固的古物研究者较真较劲。因此，我装出一副心悦诚服的样子，低下了头，说道：

“这尊雕像的确是一件了不起的艺术杰作。”

---

① 拉丁文：制作，创作。

② 拉丁文：奉献，呈献。

③ 格吕泰（1560—1627），荷兰著名的希腊语、罗马语学者。

④ 奥雷利（1787—1849），瑞士著名的古典语文学者。

这时，德·佩莱赫拉德先生突然惊叫了一声：

“啊，我的上帝呀，有人向我的雕像扔过石头，它又被人破坏了一处!”

他刚刚发现维纳斯的胸部有一道白色的划痕。我也看见在雕像的右手指头上还有一处类似的划痕，据我推测，这是石头扔过来时划破的，或者是石头撞击雕像时有一块碎片飞了出来，反弹到了雕像的手上。我把我昨夜亲眼所见到的雕像被辱而侮辱者当时就遭到报应的事件，告诉了主人。他听了大笑不止，把那恶作剧的少年比喻为狄俄墨得斯①，希望他像这个希腊英雄一样，目睹自己的同伴们都变成了白色的鸟儿。

午饭的铃声响了，打断了我们之间这场引经据典的谈话。像昨天一样，主人的盛情难却，我又一个人吃下了四个人的美食。接着，佃户们来了，德·佩莱赫拉德先生得接见他们。于是，他的儿子就领我去参观他从图卢兹买回来的一辆敞篷四轮马车，那是他送给自己未婚妻的礼物，不用说，我对这车赞不绝口。而后，我跟他走进了马厩，他足足用了半个钟头向我夸耀他的马，详述那些马的世系，一一列举它们在本省赛马会上所获得的奖项。最后，他话题一转，从一匹准备送给他未婚妻的灰色母马，又谈到了他的未婚妻。

“我们今天就可以见到她，”他说，“我不知道您是不是会觉得她漂亮。你们巴黎人，眼光总是很挑剔。但在我们这地方和佩皮尼昂，大家都觉得她很可爱。她的好处就在于她很有

---

① 希腊神话中的特洛亚战争的英雄。

钱，她在佩拉德①有一个姑妈，给她留下了一大笔财产。啊，我很快就会成为很幸福的有钱人啦。”

一个青年男子对未婚妻的嫁妆比对她的美貌更为热衷更感兴趣，这使得我内心里大为反感。

“您对首饰珍宝很在行，”阿尔封斯先生继续说，“这是我明天要给她戴上的戒指，您觉得它怎么样？”

说着，他从小指的第一节上脱下一个镶着钻石的大戒指，戒指制作成两手紧握着的形状。我觉得这是很有诗意的象征。戒指的做工很古老，但据我判断，为了把钻石镶嵌上去，戒指是经过加工的。戒指的内侧，刻有一行哥特体的文字：“Sempr’ ab ti”，意即：永远和你在一起。

“这枚戒指很漂亮，”我对主人家的少爷说，“但镶了这些钻石，反倒有失原来的风韵。”

“嗨！镶了钻石就更好看了，”他微笑着回应说，“上面的钻石值一千二百法郎。戒指是家母送给我的，是传家宝，年代很久远了……是骑士时代的珍品。我祖母戴过，而我祖母又是从她祖母那里继承下来的。天知道它是什么时代打造出来的。”

“按照巴黎的习惯，”我对他说，“结婚时只送一枚普普通通的戒指。它通常用两种不同的金属制成，例如黄金与白金。瞧，您手指上戴的这枚戒指就很合适，而您的那一枚戒指，既镶了一些钻石，又有两手紧握的浮雕，显得有些笨重，戴上它

---

① 法国东比利牛斯省的一座小城。

就可能没法儿戴手套了。”

“噢！让我未来的夫人爱怎么处理就怎么处理好了。我相信，她得到这枚戒指一定会很高兴。手指上戴着一千二百法郎，总是件美滋滋的事吧。至于我这枚普通的小戒指嘛，”他得意扬扬地看着手指上朴素无华的那枚戒指，继续说道，“这戒指是一个狂欢节的最后一天，一个女人在巴黎送给我的。啊，两年前，我在巴黎玩得可真痛快！那里才是纵情享受的地方！……”说完，他不胜眷恋地叹了口气。

这一天，大家都应该到普伊加里去，在女方家里吃晚饭。我们登上了四轮马车，驶向离伊尔城约六公里的新娘家的府邸。我作为新郎家的朋友被介绍给女方家并受到了欢迎。这顿晚饭与饭后的闲谈，我且略去不表，反正我很少开口。阿尔封斯坐在他未婚妻旁边，每隔一刻钟便凑到她耳边说几句话。而她呢，她很少抬起眼皮，每当未婚夫跟她说话时，她便羞得满脸通红，不过，回答得却大方得体。

普伊加里小姐芳龄十八，身材苗条婀娜，与未婚夫的魁梧强壮、骨架粗大恰成反差。她不仅长得美丽，而且柔媚迷人；谈吐应对亦自然大方，深得我的欣赏，而她的娇柔之中又略带狡黠，则使我不禁联想到我的主人所发掘的那尊维纳斯雕像。我内心里对两者稍作比较，觉得我们之所以不能不承认维纳斯雕像更胜一筹，其原因很大一部分是否就在于那尊雕像有一种母老虎的表情呢？因为力，即使是邪恶情欲中的力，往往也能引起我们的惊讶之情与不由自主的赞美。

“多么可惜呀，”我在离开普伊加里时这样想道，“这么一个可意的美人儿，偏偏生在这富贵之家，她丰厚的嫁妆就成为了追求者垂涎三尺的目标，而这个追求者根本就配不上她。”

在回伊尔城的路上，我不知对德·佩莱赫拉德夫人说些什么好，只觉得应该说那么几句，于是，我高声说道：

“怎么，夫人，你们居然选了一个星期五举行婚礼，我们巴黎人比你们讲迷信，没有人敢在这样的日子娶亲。”

“我的上帝！别提这事了，”夫人对我说，“如果由我来做主，我肯定会选另一个日子，但佩莱赫拉德执意如此，我只好依他。这事弄得我心神不宁。会不会发生什么不幸的事呢？这种迷信肯定有它的道理，否则，为什么大家都忌讳星期五呢？”

对此，德·佩莱赫拉德先生却高声嚷嚷道：

“星期五！那是维纳斯的日子①，正是喜结良缘的吉日！我亲爱的同行，您瞧，我心里只有我的维纳斯。我以人格担保，正是因为她，我才选择了星期五。如果您同意的话，明天，在举行婚礼之前，咱们为她举行一个小规模的祭祀，拿两只野鸽作为祭品。另外，如果还能在什么地方弄到一些香火的话……”

“呸！佩莱赫拉德！”他的妻子怒气冲冲地打断了他的话，“给一个神像上香火，简直是岂有此理，附近的邻里乡亲会怎么说我们呢？”

---

① 法语“星期五”一词，来自拉丁语，意为“维纳斯的日子”。但在基督教文化中，星期五则是耶稣受难的日子，故被视为不祥日。

佩莱赫拉德先生正在兴头儿上，说得更起劲了：“至少，得让我在维纳斯雕像的头上戴一顶用玫瑰与百合编织的花冠吧！”说着，他引证了一句拉丁文的诗，“大把大把地撒百合花吧！①”

然后，他又有针对性地发表时评，说：

“先生，您看，宪章只是一纸空文，我们根本就没有任何信仰自由。②”

第二天，婚庆活动按计划是这么安排的：上午十点整，大家准备停当，衣着整齐，吃了巧克力之后，乘马车去往普伊加里。婚姻注册手续在乡政府办理完毕，宗教仪式则在别墅的小教堂举行，接着是午宴。午宴之后，大家自由活动直到七点。然后，回到伊尔城佩莱赫拉德先生的府第，两个家庭的成员欢聚在一起共进晚餐，以后的活动，均顺其自然，因为不能跳舞，人家自然就尽可能要在餐桌上多享用享用。

这一天，从早上八点钟开始，我便坐在维纳斯雕像的面前，手里拿着铅笔，将雕像的头部反复临摹了不下二十次，但始终抓不住她的表情。德·佩莱赫拉德先生在我身边走来走去，给我出主意，还不断给我讲解腓尼基词源学的知识，接着，他又在维纳斯雕像的基座上放上几朵孟加拉玫瑰，并像在悲喜剧中那样用夸张的声调祈求美神保佑那一对即将住在他家

---

① 原文为拉丁文，引自古罗马诗人维吉尔的史诗《埃涅阿斯纪》第六章。

② 指复辟王朝时期由路易十八批准的宪章。这句话是夸张地针对星期五不宜婚娶的习俗。

里的新人。九点钟左右，德·佩莱赫拉德先生回屋穿衣打扮。这时，阿尔封斯出现了，他穿着一套全新礼服，戴着白手套，踏着漆皮鞋，礼服上有雕花扣子，扣眼上插着一朵玫瑰花。

他俯身看着我的画，问我：

“您能给内人画一张肖像画吗？她也很漂亮呀！”

这时，在上文我曾提及的那个网球场上正开始进行一场球赛，它立即吸引了阿尔封斯的注意。我也因为画累了，而且也因画不出那张有点儿邪恶的脸而感到泄气，于是，我放下画笔也去看球。参加球赛的一方是前一天来到本地的几个西班牙骡夫，来自阿拉贡省与纳瓦罗省，几乎个个身手不凡。因此，伊尔城一方的球员，尽管有阿尔封斯在场打气且指导有方，但还是很快就被对方那几名好手打败。法国观众对此不胜惊愕。阿尔封斯先生看了看表，才九点半钟。他的母亲还没有梳妆打扮完毕。他便不再犹豫，立即脱下礼服，要了一件运动衣，入场向西班牙人挑战。我微笑地看着他这么做，心里不无惊讶。

“必须维护国家的荣誉。”他这么说。

这时候，我发觉他很美。他亢奋激昂，刚才他对自己那身打扮还十分在意，倍加呵护，现在已经无所顾忌了。几分钟前，他担心弄歪了领带而不敢随便扭转脑袋，而现在，他就不去管他头上的卷发与胸前那整整齐齐的饰巾了。这把他的未婚妻置于何地？……我的天呀，如果球赛需要他，我想他很可能将婚礼延期举行。他急匆匆地换上一双球鞋，挽起衣袖，信心十足地领着战败的一方上阵，就像恺撒在狄拉奇乌姆①重整自己的残部一样。我跳过了篱笆，在一棵朴树的树荫下，找了一个合适的位置，以便把双方的争夺看得一清二楚。

出乎大家的期望，阿尔封斯一上阵就失了一球。这球擦地而来，力量劲猛，击球者是个阿拉贡省人，看来是西班牙人的队长。

此人约莫四十岁，精瘦而刚健有力，身高六尺，皮肤呈橄榄色，几乎与维纳斯的青铜色一样深沉。

阿尔封斯先生怒气冲冲地将球拍往地上一摔，狠狠地说：

“都怪这该死的戒指，把我的手指箍得太紧，使我丢了一个本可以得分的球。”

他好不容易把自己的钻戒脱了下来。我走向前去想把戒指接过来，但他先我一步，朝维纳斯跑去，把戒指套在她的无名指上，然后又上场率队对抗。

他脸色苍白，但沉着应战，斗志昂扬。第二次上场后就再也没有失过手，终于把西班牙人打得落花流水。观众热情沸腾，其情其景堪称壮观，有些人大声欢呼，把帽子抛向空中，有些人争相与他握手，称他为国家的光荣。即使是他击退了一次外国人的入侵，我想，他所获得的祝贺，其热烈、其诚挚的程度亦不过如此。败北的那些西班牙人垂头丧气，更增添了他这个胜利者的光彩。

“咱们可以再玩几场嘛，老弟，”他用盛气凌人的口气对

① 今港口城市都拉斯，在阿尔巴尼亚境内。罗马统帅恺撒曾在此被庞培击溃，数年后率军再战，终雪失败之耻。

那个阿拉贡省人说，“不过，我得让你们几分。”

我真希望阿尔封斯先生谦虚一些，不要这么张狂，眼见他的对手受辱，我心里甚感难过。

那个西班牙人深深感到自己受了侮辱，气得连他那晒黑了的皮肤也发白了。他紧咬牙关，脸色阴沉地看着自己的球拍，闷声闷气地说了一句：“咱们走着瞧吧。”①

德·佩莱赫拉德先生闻讯而至，他的到来打断了儿子对胜利的陶醉。原来是他发现儿子根本没有忙着去指挥下人套马备车，已经深感诧异，及至见到儿子满身大汗，手执球拍，更是不胜惊讶。于是，阿尔封斯先生赶紧跑回房间，重新梳洗，再穿上崭新的礼服与漆皮鞋。五分钟后，我们终于坐上马车，沿着大道直驶普伊加里。全城所有的网球手与很多观众都跟在马车后面，奔跑欢呼。虽然拉车的那几匹马强壮善奔，也好不容易才没有被这一大群勇健的卡塔卢尼亚人追上。

我们到了普伊加里，一行人正准备向乡政府走去，忽然，阿尔封斯先生用手一拍前额，低声对我说：

“我真糊涂，竟把戒指忘了！戒指还戴在维纳斯的手上呢，鬼知道谁会把它取走！请您不要告诉我母亲，也许她不会发觉。”

“您可以派人去取它。”我对他说。

“算了吧！我的仆人现在在伊尔城里。这里的这些下人我都信不过。值一千二百法郎的钻戒呀，谁都难免会见财起歹

① 原话是西班牙语。

心。再说，女方府上的人得知我如此粗心大意，肯定都会笑话我的，把我称为雕像的丈夫……但愿钻戒没有被人偷走！幸亏我手下那帮坏蛋害怕那尊雕像，不敢走近它。算了！没关系，我还有另一枚戒指。”

结婚典礼与宗教仪式都举行得颇具盛况。普伊加里小姐接收的结婚戒指，原是一个巴黎时装店女店主送给阿尔封斯先生的，她根本没有想到丈夫把自己的一件定情信物割爱送给了她。仪式结束后，大家入席，又是大吃又是畅饮，还开怀唱歌，热闹了好长时间。在新娘子周围，不时暴发出阵阵粗俗不雅的谈笑，我听了也为她感到难受，但她应付处理得比我预料的要好，有时她也有点儿窘困尴尬，但既不是由于笨拙无能，也不是矫揉造作。

也许勇气正是从困境中产生的吧。

谢天谢地，午宴终于结束，时间已到了下午四点。男宾们在繁花似锦、景观壮丽的花园里散步，或者去别墅草坪上观看普伊加里的农妇穿着节日的盛装欢快起舞，大家就这么消磨了几个小时。女宾们则殷勤地簇拥着新娘，让她给她们展示新郎赠送的礼物以引起一片赞赏。接着，新娘便换装了，我注意到她拿一顶软帽和一顶有羽饰的帽子盖在她一头秀发上，因为按照当地习俗，妇女们在当姑娘未嫁时，是不能佩戴饰物的，一旦她们的身份有所改变，便会急不可待地佩戴起来。

时近晚上八点，大家正准备动身返回伊尔城。但临行又上演了动人的一幕。普伊加里小姐的姑母，是一个年岁很高而又十分虔诚的信徒，她待普伊加里小姐如同自己的亲生女儿，她不能跟随我们一道进城。我们出发前，她又对自己侄女进行一通关于为妻之道的说教，之后，又是没完没了的眼泪与没完没了的拥抱。德·佩莱赫拉德先生调侃地将这次离别比作萨宾妇女被劫场面。终于，我们还是动身上路了。一路上，大家都努力逗新娘子开心、逗她笑，但都没有成功。

在伊尔城里，晚宴等着我们，那是一次怎样的晚宴啊！如果说上午那些粗俗的笑闹曾使我大吃一惊的话，晚宴上大家针对新郎新娘的双关语与谑笑就更使我受不了。新郎在入席之前不见了一小会儿，回来后脸色苍白，表情凝冷。他不停地喝科利乌尔酒，这种酒几乎与烧酒一样烈。我坐在他旁边，觉得有责任提醒他：

“当心，听说这种酒……”

我随声附和宴席上的其他宾客，也对他讲了点儿劝诫他少饮为妙的蠢话。

他碰了碰我的膝盖，用很低的声音对我说：

“等大家离席的时候……我要同你说两句话。”

他的声调严肃得叫我吃了一惊。我定睛地瞧着他，发现他的脸色已经大变。我问他：

“您觉得不舒服吗？”

“没有。”

他又开始喝起酒来。

可是，就在大家又是叫喊又是鼓掌的喧闹之时，一个十一岁的小男孩儿偷偷溜到桌子底下，从新娘子的脚踝上解下一条红白两色相间的漂亮丝带，展示给大家看。大家都说那是新娘的吊袜带，于是，立刻就将这丝带剪成碎片，分给了年轻人。而那些年轻人则按某些大贵族世代保存至今的古老习惯，将碎片别在各自衣服的扣眼上。这可把新娘羞得满脸通红，甚至白眼珠也羞红了……最使新娘难为情、不知所措的是，德·佩莱赫拉德先生叫大家安静下来后，自己却用卡塔卢尼亚方言对着新娘子唱了几句诗，据他说，这是他即席吟诵的，如果我没有理解错的话，以下就是他吟唱的内容：

“朋友们，这是怎么回事儿，难道美酒使我入醉，两眼昏花？这里竟出现了两个美神维纳斯……”

新娘子听了不胜羞涩，心慌意乱地赶紧把头扭转过去，引起宾客哄堂大笑。

德·佩莱赫拉德先生接着说道：

“是的，我家里有两个维纳斯。一个是像蘑菇一样被我从地下挖出来的，另一个是从天上降临而来的，她刚才把自己的腰带分给了我们大家。”

他本来是想说分的是吊袜带，却说成腰带了。接着，他又说下去：

“我的儿子呀，罗马的维纳斯与卡塔卢尼亚的维纳斯，两者之间任你挑选一个你中意的。犬子挑选了卡塔卢尼亚的那一个。他选得好。罗马的维纳斯是黑漆漆的，卡塔卢尼亚的维纳斯是白皙皙的；罗马的那位冷若冰霜，卡塔卢尼亚的这位，却足以使靠近她的人个个激情高昂。”

他最后这段精彩的结语，引发出全场震耳的鼓掌声与喧哗的笑闹声，其声浪之激荡，几乎使得我以为屋顶会震塌下来呢。满堂如此欢闹，唯有三个人正襟危坐，表情严肃，那就是新郎、新娘和我。我头痛欲裂，而且，我过去参加任何一次婚礼，不知是什么原因，总有一种哀伤情绪油然而生，而眼前的这场婚礼更使我有厌恶之感。

德·佩莱赫拉德先生吟诵的那首诗，最后几节是由乡长助理伴唱的，我不得不说，其格调很下流。接下来，大家拥进客厅，观看新娘子退席，因为时已午夜，她即将被引入洞房。

阿尔封斯先生将我拉到窗口，眼睛朝向别处，对我说：

“您一定会笑话我……我不知道是怎么搞的……我中了邪！真见鬼了！”

我对他此话的第一想法就是：他感到自己要碰上某种不幸，也许就是蒙田①与塞维涅夫人②都论述过的那种不幸：“整个爱情王国都充满了悲剧的故事。”③

我心里嘀咕道：

“我还以为只有富于才情的人才会遇上这类悲剧哩。”

我这样对他说：

“亲爱的阿尔封斯先生，您喝科利乌尔酒喝得太多了，我早就告诫过您别喝这么多。”

“也许是喝多了，但我碰见的事比喝醉了更为可怕。”他

---

① 蒙田（1533—1592），法国十六世纪著名的人文主义作家，其传世的杰作是散文巨著《蒙田随笔全集》。

② 塞维涅夫人（1626—1696），法国十七世纪著名的散文作家，有《书简集》一书传世。

③ 出自塞维涅夫人的《书简集》。

说起话来断断续续，我确信他是完全醉了。

“您知道我的那枚戒指吧。”他沉默了一会儿又继续说。

“怎么啦？被人偷走了？”

“那倒没有……我没法儿把戒指从维纳斯这个魔鬼的手指上脱下来了。”

“原来如此！您一定是没有使劲去拔。”

“我使劲了……但那维纳斯……却把手指攥紧起来。”

他满脸神色惊慌，把身躯倚靠在窗门上以免跌倒。

“胡说！”我否定了他的说法，“您一定是把戒指在维纳斯雕像上套得太深了。明天您用钳子就能脱下来。可是得当心，别把雕像损坏了。”

“我跟您说，脱不下来啦。维纳斯的手指已经握回去了，握紧了，成了一个拳头。您听明白没有？显然，她已经成了我的妻子，既然我把戒指给了她……而她又不愿意还给我。”

一听此言，我骇然一惊，全身不寒而栗。他说完之后，叹了一口气，一股酒味儿朝我扑鼻而来，我的恐惧不安顿时烟消云散了。

我想，这家伙刚才讲的全都是醉话。

“先生，您是古物鉴赏家，”新郎可怜兮兮地说，“您对这一类雕像很精通……也许那雕像里面有什么发条，有什么鬼名堂，对此我一窍不通……您去看看好吗？”

“好，我们一道去看看。”我答应了他。

“不，我希望您一个人去。”

我走出了客厅。

刚才吃晚饭时，天气有了变化，下起了倾盆大雨。我正准备去要一把雨伞，但同时又有一个念头制止我这么去做。我心想，我真是个大傻瓜，竟打算去验证一个醉汉的话是真是假！再说，也许他是想给我来一个恶作剧，好让那些老实的外省人乐一下。至少，我也会淋得像只落汤鸡，得一场重感冒。

我站在门口向那个被雨水淋得湿漉漉的雕像望了一眼，没有再回客厅，就上楼回自己的房间去了。我躺在床上，久久不能入睡。白天婚礼的景象纷至沓来，在脑海里翻腾。我想，如此一位纯洁美貌的少女，竟然就这么嫁给了一个粗野庸俗的醉鬼。对此，我不禁对自己说，结婚只论门户家财，真是丑恶得很！乡长披上三色肩带，教士系起襟带，就把世界上一个最纯真的少女送进了弥诺陶洛斯①的嘴里！婚礼本是一对相爱的情侣宁愿用生命去换取的宝贵时刻，但两个并不相爱的人在此场合有何可言？一个女子见过一个男人的粗野不止一次，以后还能去爱他吗？先入为主，最初的印象是难以磨灭的，我可以断言，这位阿尔封斯先生咎由自取，将会被人憎恶……

我内心里的独白远不止这些，我且略去不谈。就在我自言自语之时，可听见有人来来往往、开门关门以及马车驶出的声音。接下来，似乎又听见楼梯上一阵细碎的脚步声，有好几个妇女朝着走廊的另一端与我房间相反的方向走去，她们大概是在送新娘子进洞房。后来，送新娘子的妇女们又都下楼梯走了。德·佩莱赫拉德夫人的房门也关上了。我心里想，这位可

---

① 希腊神话中半人半牛的怪物，每年要吃掉进贡来的七对少男少女。

怜的姑娘这时一定心慌意乱，不知所措！我愤愤不平地在床上辗转反侧。别人家里举办婚礼，而我这个单身汉却在这里扮演一个傻乎乎的角色。

整栋房子静下来了好一段时间，突然楼梯上响起了沉重的脚步声，打破了周遭的寂静，这是上楼的脚步声，木板楼梯被踏得咯吱直响。

“真是个粗人!”我叫了起来，“我敢打赌他会摔倒在楼梯上。”

一切又复归寂静。我拿起一本书来想转移转移思绪。那是本省的一本统计手册，其中还附有德·佩莱赫拉德所写的一篇关于普拉德地区德洛伊教历史建筑的论文。我读到第三页便昏昏入睡了。

我睡得很不踏实，醒了好几次。鸡叫的时候，我已经醒了二十多分钟，那时可能是早上五点钟光景。天快亮了，又可清晰地听见前半夜那沉重的脚步声与楼梯咯吱作响声，我觉得好生古怪。我一边打哈欠，一边琢磨阿尔封斯先生为什么起得这么早。但我实在想不出什么站得住的理由。我正要合上眼睛再寻睡意，突然一阵异样的跺脚声惊动了我。伴随着跺脚声的，还有打铃声与房门开开关关的响声，接着，又听见一片混乱的叫喊声。

我立即从床上一跃而起，心想：那醉鬼没准儿是在什么地方放火了。

我匆匆穿上衣服，来到走廊。从走廊另一头儿传来了叫喊声与哀号声，盖过其他声音的是一声撕心裂肺的惨叫：“我的儿子呀！我的儿子呀！”显而易见，阿尔封斯先生出事了。我赶紧朝新房跑去，里面已经挤满了人。首先闯入我眼帘的是那个年轻的新郎。他半裸着横躺在床上，床板已经压垮了。他脸色铁青，全身僵直。他的母亲在他身旁号啕大哭。德·佩莱赫拉德先生手忙脚乱，不是用古龙水去揉儿子的太阳穴，便是给他闻什么药。可惜，他的儿子早已经断气了。在房间的另一端，新娘在一张长条沙发上仍陷入可怕的惊厥之中，还不断发出含糊不清的叫喊声。两个身强体壮的女仆好不容易才把她摁住。

“我的上帝！”我喊道，“到底出了什么事？”

我走到床前，把那个不幸的年轻人抱起来。他已经僵硬而冰冷，牙关紧闭，脸色发黑，神情极其痛苦，一切都显示出他是暴死，而且死得很恐怖。可是他的衣服上并无血迹。我解开他的衬衫，发现他胸脯上有一道青紫色的伤痕，一直延伸到两肋与后背。他似乎是被一个铁环紧紧箍死的。这时，我的脚踩到地毯上一块硬的东西，我弯腰一看，原来是那枚钻石戒指。

我把德·佩莱赫拉德先生和他的太太拉到他们自己的房间，又叫人把新娘抬了进来。我对老两口儿说：

“你们还有一个女儿，你们应该好好照顾她。”说完，我把他们三人留在房间里就走了。

在我看来，阿尔封斯先生无疑是遭到了谋杀，凶手在夜里设法进入了新房。但死者胸前的伤痕绕身一周而呈环形，却使我大惑不解，因为木棍或铁棍都不可能留下这样的伤痕。突然，我想起曾经听人说过，在瓦伦西亚，有些亡命之徒被人收买去杀人，就是用装满沙子的长条皮口袋当凶器的。于是，我立刻就想到了那个阿拉贡省的骡夫与他的威胁。然而，我几乎不敢想象，那斯会因为一个小小的玩笑而进行如此可怕的报复。

我在房子里到处寻找破门而入的痕迹，可一点儿都没有找到。我又走进花园，查看凶手是否有可能从此处潜入，但也找不到任何蛛丝马迹，而且，昨天下过一场大雨，地上都湿透了，不可能存留下清晰的脚印。可是我偏偏在地面上发现了几个深深的脚印，一来一往，朝向两个相反的方向，但都在同一条直线上，即从网球场的那个篱笆角到新郎家这幢房子的门口。这也许是阿尔封斯到雕像那里去取戒指时留下的足迹。而且，这一块地方的篱笆比别处稀疏，凶手也可能是从这里进来的。我在维纳斯的雕像前踱来踱去，又停下来对她端详了好一会儿。这一次，说老实话，我看着她那充满恶意的嘲弄神态，真有些不寒而栗。我脑海里不断浮现出刚才我所见到的凶杀现场的种种可怕景象。面对这尊雕像，我仿佛看见一个地狱凶神在对死者一家人惨遭不幸拍手称快呢。

我回到自己的房间，一直待到中午才出来打听我的东道主一家人的消息。他们已经稍稍平静下来。普伊加里小姐，我应该称她阿尔封斯先生的遗孀才是，她已经恢复了知觉，甚至已经和来到伊尔巡察的佩皮尼昂检察官谈过话。那位检察官听取了她的证词，也要听取我的。我把自己所知道的一切都告诉了他，并向他坦言我对那个阿拉贡省骡夫的怀疑。他立即就下令逮捕了那个骡夫。

待我的证词记录完毕，我在上面签字画押之后，我问检察官：

“您从阿尔封斯太太那里听到些什么？”

“那个可怜的女人已经完全精神失常，”他凄惨地笑了笑回答我说，“精神失常！完完全全的精神失常，她所讲述的经过是这样的：

“她说，她放下了帐子，在床上已经躺下好几分钟，忽然房门打开了，有人走了进来，那时，她睡在床里边，脸朝着墙壁。她一动也没有动，心想是丈夫来了。不一会儿，那床咔嚓一响，仿佛有很重的东西压了下来。她恐惧到了极点，不敢把头转过去。过了五分钟，也许是十分钟……就这样过了一阵子，她说不清究竟有多久，她不由自主地动了动，或许是床上的那个人动了一下。她突然碰到了一件像冰一样冷的东西。她的原话就是这么说的。她不禁浑身哆嗦，紧紧地蜷缩在床的里侧。不久，房门又第二次打开，有人走了进来对她说：‘晚安，我亲爱的妻子。’接着那人就拉开了帐子。她突然听见一声闷哑的喊声。躺在床上的那个人猛然坐了起来，似乎向前伸出了胳臂。于是，她转过头来……据她说，她看见她丈夫跪在床边，脑袋靠近枕头，正被一个暗绿色的巨人使死劲地紧紧搂着。她就是这么说的，足足向我这么重复了二十次，这可怜的女人！……她说，她认出来是……您猜得到吗？她说就是德·佩莱赫拉德先生的那尊雕像，那尊青铜的维纳斯……自从这尊雕像在本地出土以后，很多人都在梦中见到过她。我还是继续把那个疯女人所讲的经过讲给您听吧。她一看这个景象，便昏厥了过去。也许在昏厥之前几分钟，她就已经神经错乱了。她怎么也说不清自己昏过去多长时间。只是醒来的时候，又看见了那个幽灵，也就是那尊雕像。她一动也不动，两腿与下半身仍在床上，双臂前伸，搂着新郎，新郎已经不能动弹了。这时鸡叫了，于是雕像下了床，扔下尸体，就走了出去。阿尔封斯太太立即使劲拉铃叫人，以后的事您已经知道，不用我再讲了。”

那个涉嫌杀人的西班牙人被带来了。他很沉着镇定，为自己辩护时十分冷静，脑子也很灵活。虽然他并不否认自己说过被我听见的那句话，但他解释说，他并不没有什么行凶的意思，只是想说等他第二天缓过劲儿以后，他会打赢一场球，以雪败北之耻，仅此而已。我记得他还说了这么几句话：

“我们阿拉贡人有仇必报，绝不会等到第二天。如果我认定阿尔封斯先生故意侮辱了我，我早就会立即向他肚子上扎一刀。”

拿他的鞋子与花园里的脚印做比较，他的鞋比脚印要大得多。

最后，此人所投宿的旅店的老板，也证明他整个夜晚都在给他一个生病的骡夫擦身和喂药。

而且，这个阿拉贡人的口碑不错，在当地颇有名气，每年都到这里来做买卖。因此，地方政府释放了他，向他道歉了事。

我在上面忘了转述一个仆人的证词。阿尔封斯在世时，这个人是最后一个看见他的证人。当时，阿尔封斯正准备上楼到自己妻子的房间里去，他把这个仆人叫了过来，满怀心事地询问他是否知道我在什么地方。这个仆人回答说没有见到我。于是，阿尔封斯先生叹了一口气，足足有一分多钟没有吭声，然后说了这么一句话："算了，魔鬼也会把他抓走的！"

我问那个仆人，阿尔封斯先生跟他说话时手上有没有戴着钻戒。仆人犹犹豫豫答不上来，说他根本就没有注意，最后，他说他觉得没有，他定了定神又说：

"如果他手上戴着钻戒，我肯定会注意到，因为我以为他早就把戒指送给阿尔封斯夫人了。"

我在盘问这个仆人时，也因为有点儿迷信而感到恐怖。阿尔封斯夫人的证词使得全家每一个角落都充满了这种恐怖。这时，检察官先生微笑着看了我一眼，我也就不再问下去了。

阿尔封斯先生的葬礼结束几个小时后，我准备离开伊尔城。德·佩莱赫拉德先生打算用马车送我到佩皮尼昂。这个可怜的老人尽管身体虚弱，还一定要陪伴我走到他的花园门口。我俩沉默无言地穿过花园，他靠着我的胳臂，艰难地往前挪动双腿。道别的时候，我向维纳斯看了最后一眼。我相信我的主人虽然不像他一部分家人那样对这尊雕像充满了恐怖与憎恨，但我也预料他肯定会摆脱这么一个会不断引起他悲痛之情的物件。我本打算劝他把这尊雕像送到一家博物馆去，正犹豫不决准备直截了当向他提出时，忽然他机械地回头转向我定睛凝视的地点。他看到了那尊雕像，顿时泪如雨下。我拥抱了他，没敢对他说什么便登上了马车。

我离开伊尔后，没有听说过有什么新的发现足以使那桩神秘的凶杀案真相大白。

德·佩莱赫拉德在自己儿子死后几个月也去世了。他在遗嘱中说把他的全部手稿留赠给我，也许，将来有一天，我会把这些手稿公开发表出来。但在他留给我的手稿中，我并没有找到他关于维纳斯雕像上那段铭文的学术论文。

### 后记

我的朋友P先生最近从佩皮尼昂写信来告诉我，那尊雕像已经不存在了。德·佩莱赫拉德夫人在丈夫死后，最在意的第一件事就是把那尊雕像销熔掉，铸成一口钟，让它以此方式为伊尔城的教堂效力。可是，P先生又补充写道："看来，谁拥有这块青铜谁就倒霉。自从这口铜钟在伊尔城敲响以后，当地的葡萄已经冻坏了两次。"